失恋コレクター

玄上八絹

幻冬舎ルチル文庫

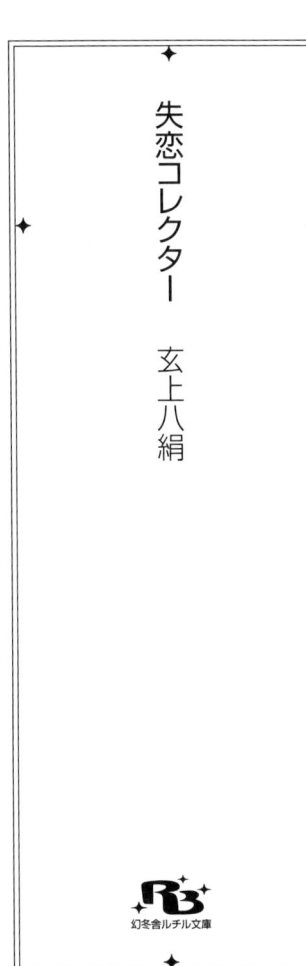

CONTENTS ✦目次✦

失恋コレクター

✦イラスト・金ひかる

✦カバーデザイン＝久保宏夏(omochi design)

✦ブックデザイン＝まるか工房

失恋コレクター

「何言っても返事が遅いって」

赤い顔をして、ぐでぐでと床に倒れている朋哉《ともや》が言う。襟《えり》の開いたワイシャツ、畳には丸めたネクタイ。絵に描いたような酔っ払いだ。だいぶん落ち着いたが声はアルコールで荒れている。

「そう」

リビングと境目がないキッチンでフライパンを振りながら、棗《なつめ》はTシャツの背中で冷ややかな相づちを打った。冷蔵庫の中は調味料の他に、牛肉と使いかけの玉ねぎのみだ。牛丼しかできない。卵は一ヶ月前に賞味期限が切れている。

朋哉は乱れたスーツ姿のまま、床の上でうだうだと煩悶《はんもん》している。赤ちゃんならかわいらしいのだが、来月二十七にもなろうかという男がすると、むさ苦しいというかもう鬱陶《うっとう》しい。首にかけているヘッドホンから、まだ煙草のにおいがしているような気がする。棗は一度鼻の上に皺《しわ》を寄せて玉ねぎを刻んだ。

「メールのレスが遅いってよ」

「こないだもそれ言ってなかった？」

フライパンに玉ねぎを入れ、砂糖とみりんとめんつゆを入れて、手早く肉に絡める。味はどうでもいいだろうと思いながら箸《はし》で摘《つま》んでみると、酔っ払いに食わせるには惜しい程度には旨《うま》かった。

背後でぐずる酔っ払いは、訴えなのか大きな独り言なのか分からない様子で、天井に向かって話しかけている。

「言った言った。でもさ、スーツのポケットにスマホ入れて風呂入ってサッカー観ててさ、二時間遅れたってしかたないよな？」

朋哉は一昨日《おととい》、半年続いた彼女と別れたということだ。夜になって「飲み過ぎたから迎えに来て」と飲み屋から電話がかかって、出かけてみれば、煙草の煙が充満した居酒屋の座敷でひっくり返っていた。週末まで堪《こら》えたのはさすがにサラリーマンだと褒めてやるべきなのかもしれないが「帰り道が分からない」と、途方に暮れたような声で電話をかけてくるのはいい加減飲み過ぎだ。元々酒は強い男なのに、彼女に振られたのがよほどショックだったのだろう。

「まあねえ。でもお前も反省すれば？　連絡遅いって言って振られたの、二度目だろ？」

――一時間に一回も、私のことを考えてくれない人とは付き合えない。

というのが前回振られたときの彼女のセリフだったと棗は記憶している。反省も改善もなしでは同情もできない。

「三度目」

「そうだったの」

チンした冷や飯の上に肉を流して一品終了。保存瓶《びん》の陰に豆腐の残りを発見した。酔っ払いには味噌汁《みそしる》より冷や奴だろう。

目の端で窺《うかが》うと、朋哉は床に転がったまま、ワックスで光った短い髪を、ぐしゃぐしゃに指で掻《か》き回しながら呻《うめ》いていた。ぼんやりしている目が死んだ鯖《さば》のようだ。

「前の前の彼女もさ、メール遅いって。お前もそう思う？」

「いいや？　そもそも急用ないし」

冷や奴の上に、チューブの生姜《しょうが》を絞りだそうとしたが、見事に口のところが詰まっている。使うのが怖い。無理やり押し出すと、先端が変色している。

「そう。そうなんだよ、そのメールも急用じゃなかったんだよ」

「どんな？」

野菜室の底に横たわった小ネギは枯れていた。食べきれないなら新しいうちに刻んで冷凍しておけと言うが、朋哉は実行したことがない。

「夜ごはん食べに行こうとか」

「それってわりと急用じゃねえの？」

「店閉まってたら、こんなふうに家で食べればいいじゃん。なのに待てないから一人で食べたとか怒ってて」

「……怒るのはまあ、困るけど。結婚したら嫌でもそうなるんだから、夢見させてやれよ」

酔っ払いのための献立は以上。これ以上は買い出しに行かなければ無理だと判断して、両手に牛丼と冷や奴を持って、リビングへ向かう。

「朋哉、起きろ」

靴下のつま先で朋哉の腿《もも》のあたりをつつく。うう、と呻く朋哉の声を聞きながら、散らかったフロアテーブルに牛丼と冷や奴をおこうと棗は上半身を折った。小指で小物を退《ど》けていると、財布の下からはみ出したもの気づく。

「これは？」

細いブレスレットだ。オリーブ色の宝石がついた、華奢《きゃしゃ》な銀の鎖。しっぽの終わりの小さなプレートの刻印は有名ブランドのロゴだ。

「突っ返された」

世にも情けない声で、頭を抱えながら朋哉が言う。黒髪もぐしゃぐしゃ、服装ははだけてよれよれ。朋哉は酔ってもあまり顔色が変わらないタイプだから、甚《はなは》だしくだらしない男にしか見えないところが不幸だ。

宝石はペリドットだった。八月生まれの女だったのだろう。

「貰《もら》い逃げしないだけ誠実じゃん。どうするの？　ディスカウントショップいく？」

先週、朋哉が自分に、急に八月の誕生石を電話で尋ねてきたからおかしいと思ったが、これを買うためだったらしい。ということは先週は未《ま》だこれを贈るような蜜月《みつげつ》にあったということだ。ずいぶん急な話だ。

「もういい、捨てて。見たくない」

もそもそとした動きで、しなだれた格好に座りながら朋哉は言う。もったいないという気持ちは微塵《みじん》もなさそうな声だ。

「お前、そういうところ、いつも気前いいよね」

正確な値段は知らないが、十万近くはしただろうに、と思いつつ、棗はそれをポケットに入れる。朋哉は振られた女を思い出すようなものは何でも捨てる。放っておくとほんとうにゴミ箱に入れてしまうから、大体棗が持って帰って、売るなりオークションにかけるなり、それなりの対価を得て、その金で食事にゆく。朋哉が振られるたび、暗黙の、そして残念な決まりごとだ。

「……なあ」

行ってみたいイタリア料理の店があるな、と思いながら、机の端で雪崩《なだ》れ落ちそうになっているソフト関連の教科書を押しもどしていると、暗い声で朋哉が呟《つぶや》いた。

「なに」

「お前、人を殴り殺せるような石、取り扱ってない？」

棗は、副業石屋だ。本業が不動産屋勤務、副業は鉱石コレクター兼個人バイヤー。取り扱いは琥珀《こはく》専門だ。

少しむっとしたが、棗は淡々と応えた。酔っ払いに腹を立ててもしょうがない。

「俺の大事なコレクションに向かって、汚いことを言うな。人を殴り殺せそうなサイズの琥珀なんてあったら俺が欲しいよ。幾らすると思ってんだよ」

琥珀になるには年数が若い、コーバルと呼ばれる樹液の塊なら手に入るかもしれないが、本物の琥珀でそのサイズとなると、少なくとも自分のルートで取り扱うのは無理だ。

「……悪かった」

呟く朋哉の声を、棗は聞き流して立ち上がった。

「食えよ」

そう言い残してテーブルを離れると、背中で億劫《おっくう》そうに箸を取る気配がある。朋哉は棗の背中にしょんぼりした声をかけてきた。

「今日は悪かった、棗。……なんかいつも、こんなとき、お前にばっかり迷惑かけて」

「どういたしまして。スマホのアドレスん中、無差別に酔っ払い電話かけるよりマシだろ」

失恋でやけ酒後だ、仕方がない。朋哉は酔うとぐだぐだになるが、暴れるタイプではない。棗よりも十センチも身長が高く、剣道をしていたから胸幅があって体重があるが、大人しいから引きずったり歩かせたりでなんとか帰れる。ぶつぶつ呟き続ける恨みの言葉も、電車の中で罵詈《ばり》雑言《ぞうごん》を喚《わめ》き散らすタイプよりはずいぶん楽だと思っていた。

「アフターサービス完璧だな。うちよりスゲエよ」

「そもそも売ってねえし」

菜箸を洗って水切り籠《かご》に入れながら棗は言った。

朋哉は、アフターフォローの充実をウリにした、企業向けソフト会社の営業だ。そんな朋哉にサービスをお褒めいただくのは光栄だが、恋愛なんか売った覚えはない。

「そうだよな……だから余計ごめん」

「そう思うなら、さっさと食べな。台所の始末はしとくけど、皿は自分で洗えよ？」

棗は包丁にスポンジを滑らせながら応えた。

「うん。ごめん」

掠《かす》れた声が言う。ぽつぽつ食べているような食器の音がしているのに安心しながら、フライパンも洗う。

「棗、忙しかったんじゃねえの？」

「いや、今日は特に。不動産屋勤務で副業石屋なんて、忙しい日なんてねえよ。会社で転勤あったら情報流せよ？　他に用事ないなら今日は帰る」

日中、棗は、小さな不動産屋の内勤をしている。定時のあとは趣味の石屋だ。

シンクを流し、まわりを台ふきで拭《ふ》いて終了だ。ゴミは自分で捨てさせようと思いながら、タオルで手を拭く。

「あの、これ」

背中から声をかけられて棗は振り向いた。朋哉がテーブルのところから何かを差し出して

いる。視力が下がっていないなら、蛍光灯の下で黒い銀に光るのは、

「……五百円玉？」

呆《あき》れたような怪訝《けげん》な声になった。捨てられた犬のような声で朋哉は言う。

「来てくれたから」

そんな理由に、棗は肩でため息をついて首を振った。

「別にいいよ。メシ作っただけだし。タクシーも使わなかったし」

自分に寄りかかりながら、何だかんだと地下鉄に乗って、駅からも、しゃがみ込みながら自分でここまで歩いた。

いらない、と重ねようと思ったところに、五百円玉を差し出したまま朋哉が呟く。

「悪いと思ってる。……いくらお前が昔から、一番仲がいい友だちでも」

「んじゃ、帰りにビールでも買わせてもらいますかね。ありがたく貰っとく」

朋哉に近寄って、五百円玉を受け取った。ついでに手を拭いたタオルを渡す。

「気分悪いとか、頭痛いとか、あるなら言っとけよ？」

「……心が痛い」

「ああ、そうですか。ご愁傷様」

床に転がったボールペンをテーブルに戻して棗はため息をついた。

「もう帰っていい？」

「うん。ホントごめん」

「別に。今度飯でも奢《おご》って」

苦笑いをして、床に置いていた黒いポーチと薄い綿のジャケットを拾う。今日はずいぶん蒸し暑かった。上着は着ずに、アーミー柄のズボンの腰に巻き付ける。

「ごめん、棗。女と別れるたび、お前ばっかり」

「いいって。次は頑張れよ？」

「ホント頑張りてえよ……」

立派な身体から、ふしゅうと空気が抜けるように嘆息する朋哉を苦く笑って、棗は玄関に向かった。

奥から「おやすみ」という朋哉の声が聞こえる。

棗はなにも言わずに、靴が散らばった小さな玄関で靴を履いた。尻ポケットの中の、自分の部屋の鍵を確かめ、つま先をとんとんしながらドアノブを回す。

玄関ドアの横の電灯に、羽虫が集まっている。オートロックのドアを静かに閉めて、棗は部屋を離れた。

手すりの向こうの梢《こずえ》で、ジジ、ジジ、と誘蛾灯《ゆうがとう》のような音で切れ切れに蟬《せみ》が鳴いている。昨日、今日あたり梅雨明け宣言が出るかもしれないとテレビで言っていたが、結局どうだったのだろう。

テラスに月明かりが差し込んでいる。見上げれば輪郭が分からないほど滲《にじ》んだ月が、夜空に白く浮かんでいた。

朋哉の住むアパートはコンクリートの廊下が延びる普通の建物だ。出しっぱなしの三輪車を避《よ》け、ドアの前を三つ通り過ぎて、狭い階段に足を踏み込む。踊り場を折り返しながら上を見上げ、さらに階段を二つ分降りて上を仰ぐ。追ってくる気配はない。

「……」

そのまま建物を出たけれど、ドアの音は聞こえなかったし、振り返っても上から覗《のぞ》く人影もない。

歩くスピードをだんだん速める。通りの角が見える頃はほとんど走っていた。曲がり角を待ちきれないようにして、ポケットからスマートフォンを取り出す。夜闇《よやみ》にチカチカ光るランプに焦りながら、棗は返信のボタンをタップして、ダッシュで走りはじめた。

「ごめん。リカりん。お客さん、なんて？」

取引の約束は二時間半前。メールは入れておいたが、飲み屋の前でマナーモードにしたきり、一時間以上応答していない。

——ああ、棗ちゃん？

野太い声が応える。電話の向こうはざわついていて、後ろから「ママ、誰から？」と男の声が訊《き》く。「アタシの彼氏よ」と応えているが訂正する術《すべ》がない。もうどうでもいいやと思いながら、棗は強い光を吐き出す携帯電話のショップの前を走り過ぎた。

――お客さんね、帰ったわよ。まあ、うちでずいぶん遊んでいってくれたから、うちはありがたいけどね。機嫌は悪くなかったわ。フォローもしといた。

「ごめん。ありがとう。思ったより手間取っちゃって」

突然現れるゴミ袋の山を避けながら、バタバタした走り方で棗は駅へと向かった。ここから店まで一時間。客をすっぽかした上に、納品までできなかったら信用問題だ。職業上はもちろん、なにより、電話の向こうの《彼女《リカりん》》との信頼関係もある。

――なあに？　また失恋？

「うん。いつも通り。あと五分で駅に着く」

朋哉と自分の関係を、彼女は大体知っている。夕方のメールにも少し書いた。今、彼女が言いたいことは大体分かっているが、朋哉の始末が終わるまで、誰からもなにも聞きたくなかった。それが着信を確認しなかった理由でもある。

走るせいで揺さぶられる音声の中に、感心したようなリカりんのため息が聞こえた。

――アンタも変態ねえ。

「……。……大変？」

聞き間違いかと、棗は走りながら問い直した。

――いいえ、変態。

きっぱりと言い直されて困惑するが、もしかしたら他人にはそう見えることなのかもしれない。棗は主張した。

「ひどいな。利己主義って言って。俺は好きでやってる」

――そこが変態だっていうのよ。

六車線の横断歩道に差し掛かり、赤信号で立ち止まった。息が切れている。

――そんなに急がなくってもいいわよ。もうお客さん、帰っちゃったんだし。

棗が走っているのに気づいた彼女が言う。棗は、うん、と応えたがまだ走る気でいた。

――あの棚、評判いいわよ？

「そう？」

信号待ちの間に、ポケットの中のブレスレットを確かめながら棗は応えた。ぱっと見ただけだったが華奢なデザインだった。今回朋哉を振った彼女はフェミニンなタイプだったらしい。

――うん。石の横に添えてるカードがいいって。コレクター心をそそるってよ。

「そうかな」

と応えたところで、信号が青に切り替わる。隣にいた自転車と競うようにして、棗はまた駆け出した。

――今日のお客さんも「コレクションのプロだな」って言ってたわ。

「お陰様で、年季が入ってきたからね」

隠れたゲイなのも、恋も、石屋も、朋哉への片想いも。

「もうすぐ駅。そっちの駅に着いたらまた電話する」

信号を渡りきって、金網ぞいの道に入ると、すぐに地下鉄のマークがついた蛍光灯の看板が見えてくる。


終電ギリギリに乗り換えて、棗がアパートの前に帰って来たのは、大きく日付を跨《また》いだあとだった。住所は東京都だが、都心というと大きな違和感があるところだ。早めの終電に乗り損ねると、朝まで電車もバスもない。

朋哉の住むアパートから歩いて五分。坂の上と下だ。大学が一緒で、就職先が違って、でも職場が近くて、偶然借りたアパートが近かったせいで、朋哉とは今も尚腐《なお》れ縁だ。

コンクリートの門柱の前で、アイツもう寝たかな、と棗は坂道の上を仰ぐ。坂の上に向かって、街灯が折れ線グラフのように灯《とも》っている。坂は急で、折れ曲がっていて、上の方は星座のようだ。

朋哉は酒を飲んだら寝てしまうタイプだった。そして翌朝、都合の悪いことは大まかに忘れている。だから醜態も晒《さら》しやすいのだろうし、付き合う棗も気まずい思いをせずに済む。

風邪を引くかもしれないが、身体は丈夫だから平気だろうと思いながら、棗は門の奥に入り、アパートの階段を上った。酔った朋哉の世話をして、リカりんの店まで走った。全体的に身体が重い。乳酸には重さがあると言っていたのは、朋哉だったか。

棗の部屋は二階だった。独身用1LKだ。と言っても実質、生活スペースはリビングだけだ。

部屋ドアを開けると、玄関を兼ねた廊下がある。壁の灯《あか》りを灯してみると右の押し入れはびっしりの抽斗《ひきだし》だ。数センチの厚さのものから、深めでも十五センチ程度だ。小さな長方形で壁中が埋められていた。中も細かく仕切られている。

奥へ進むとリビングがある。昔、ソファだったベッドがあり、テレビとクロゼット、本棚、オーディオ。生活に必要なものは大体全部ここにある。キッチンは広めだがテーブルが置けるほどではない。

リビングの、食卓を兼ねた低いテーブルの横に上着を置き、ポーチを持って隣の部屋にゆく。

リカりんこと、里香《りか》ママが経営するオカマバーでもらった茶封筒を机の上に出した。紙幣より先に明細の紙を引き出す。店で金額を確認したとき、棗の計算より多い気がした。案の定「チップ」という明細があった。自分が作った棚が、店の売り上げに貢献していると言って、時々売り上げに数千円を上乗せしてくれる。

お礼を言い損ねたと思ったが、時計を見れば店を仕舞う時間だ。明日改めて電話をした方がいいだろう。

リカりんが経営する店の正式名は《オカマバー、ザ・ミモザ》という。ニューハーフとか、もっとやわらかい呼び方でなくていいのかと訊いたことがあるのだが、本人がオカマバーだと言うのだから棗には口出しできない。トークと週三でショーがある。リカりんの躾《しつけ》が厳しいせいで、スタッフの行儀と心遣いが行き届いているのが人気で、タロット占いスタッフがいて、女性客も多く、わりと賑《にぎ》わった店だ。

棗はそこに、細いガラス張りの棚を置かせてもらっている。

五段、三十センチ四方の棚で、中には琥珀を展示している。

琥珀は「愛を生む宝石」とか「美の宝石」と称されて、客に人気だそうだ。ザ・ミモザには、普通のバーより癒《い》やしを求めて来る客が多い。琥珀はヒーリング能力が高いというのも人気の理由らしい。

それと、リカりんが言うには「アンタの棚には偽物がないからよ」とのことだ。確かに琥珀の精巧な偽物を作るのは容易で、百貨店にすら堂々と、偽物が高額で出回っている。琥珀の真偽は素人《しろうと》が見分けるには難しいが、辛うじてでも棗はプロだ。偽物を摑《つか》まされることはない。

――ほら、アタシらって全体的にイミテーションの世界でしょ？　だから、本物だって信じられるものが欲しいのよね。

他にも石屋はいっぱいいるのに、棗を選んでくれた理由を、リカりんはそんなふうに言ってくれた。好きで琥珀屋になったのだから当然石の鑑定には真摯《しんし》でいるつもりでいたが、そんな呟きを聞いて、尚間違えられないと、気合いを入れ直した。石屋は信用世界だ。リカりんの言葉に応えようとしたときの気合いが積み重なって、今の棗の取引ラインがあるのだと、棗は一生リカりんに感謝するつもりでいた。

客のみならずスタッフもよく買ってくれるようだった。「こんな感じで、予算はこれくらい」とリクエストを貰えばイメージに近いものを仕入れられる。必然的に、客は二回以上店に来ることになり、それも店のリピート客をつける理由になっているとリカりんは言う。

今日は電話でリクエストをもらって、店に品物を持って行くはずだったのに、朋哉からの電話を優先してしまった。叱《しか》られても当然なところに、売り上げにチップまでをつけてもらっては、恥じ入るばかりか、ほんとうにリカりんに申し訳が立たない。

来月、ザ・ミモザの八周年記念に合わせて、仕入れを奮発しようと思った。もちろん赤字覚悟の値をつけるつもりだ。

とはいえ、気持ちはあっても最近小粒ばかりだな、とため息を吐《つ》きながら、棗は奥の部屋の電気をつけた。

壁いっぱいの抽斗が浮かび上がる。大小合わせて百面以上はあるだろうか。反対側の壁は棚にびっしり並んだ瓶と箱だ。中味は95%が琥珀だった。残りは昔集めた別の種類の鉱石だ。

机の上にも棚があって、瓶、棚シャーレ、フラスコ、試験管、漏斗《ろうと》、ルーペがパズルのように所狭しと組み合わさって並んでいる。初めてこの部屋を見た人間は、何かの研究室みたいだという感想を漏らすことが多かった。

棗は、机の端の、本の横に立てかけている黒い箱に手を伸ばした。オペラグラスくらいの大きさだ。紫外線を照射する機械で水銀石英灯《ミネラライト》という。琥珀は紫外線を当てると蛍光色に光る。

ここが棗の二つ目の仕事場だ。

大学卒業後、就職した会社を一年たらずで辞めた。石の仕事をしたかったからだ。比較的時間に都合がつきそうな個人の不動産屋の内勤に職を得、空き時間で石の仕事をしている。

石の仕事といっても、大規模な投資ができる資産家や会社規模のバイヤーではないし、海外に大きな取引ルートを持っているわけでもない。好きなことをして損をしないという程度だ。しかも琥珀専門だ。身を立てられるほど儲《もう》からないのは分かっているが、それで十分だと棗は思っている。

「家族でもできれば別だけど」

蛍光灯の下で独りごちて、棗は自分で笑った。

男が好きだから妻はできそうにない。子どもは言わずもがなだ。誰かの生活を保証しなければならない義務は一生生まれないだろう。

開けっ放しになっていた夜の窓に、棗の上半身が映っている。明るめに染めた癖毛。笑えば可愛い系とよく言われる仏頂面は、派手でもなく地味でもないと自分では思っているが、少なくとも「男くさい」と言われるほどでもない。未だに学生と間違われるので、髭《ひげ》を伸ばそうとしたら、似合わないとすべての人に非難された。いかにも独身くさい見た目だ。でも今の生活とのバランスは取れていると思う。誰にも迷惑を掛けず、ひっそり自分の好きなように生きる。石のような一生だ。

朋哉のことが好きだった。

朋哉のせいにするつもりは少しもないけれど、自分の心はあの夕焼けの中にいるままだな、と琥珀を眺めて棗は思う。

机の抽斗を開けると、細かく仕切られた中に小物が並んでいた。ネックレス、ピアス、ライター、指輪、名刺、鍵。

空いた一角に、棗はポケットから出したブレスレットを流し込んだ。見ようによっては女をつけ回すストーカーのような抽斗だが、持ち主は全部違う。他には未使用のコンサートチケット、最後に行った温泉の、土産物屋で買った大理石の玉などがある。

これは朋哉の失恋コレクションだ。

どうせ捨てるはずだったものだ。朋哉は、これらの品をオークションやディスカウントショップで換金しているという棗の嘘を信じている。気まずさはあったが、きちんと相場の金額で朋哉に還元しているから罪悪感はあまりなかった。

初めは、相手の女性が羨《うらや》ましかったのだと、棗は記憶している。こんな風に愛されてみたかったな、と思ったのが動機だ。他の女に宛《あ》てられたものでも、朋哉の恋愛感情が欲しかった。罪悪感と自己嫌悪、恥ずかしさと劣情で死にそうになりながら、女が朋哉に投げつけた指輪を持ち帰って、この抽斗に隠したのがきっかけだ。七年前の話だ。

女に、そして朋哉にも捨てられた品を、自分と朋哉を再び繋《つな》ぎ合わせるもののように感じていた。朋哉が女性と付き合っていた間の寂しさを埋め、これを自分が隠していれば、彼女はもう朋哉の側には帰れないのだと根拠のないことを信じて、信じる馬鹿馬鹿しさに自己嫌悪を覚えて、それでも隠しておきたくて、一度きりだと自分に許して、なぜかこんなに溜《た》まってしまった。

俺のせいじゃない。

心の中で呟きながら、棗は静かに抽斗を閉める。

一回きり、他人が捨てた物を拾う。それだけの罪だったはずだ。

朋哉がこんなに失恋し続けるなんて、あの頃は想像もしていなかった。

† † †

朋哉と出会ったのは、大学一年のときだ。

ハイキング部の合宿という名の石集めに参加していた棗は、初日、買い物当番のクジを引いてしまった。

せっかく空き時間に、コテージの裏にある林の中を散策してみようと思っていたのに、一番時間がかかる当番だ。

海辺にある合宿用のコテージから、車に乗って街まで出かけなければならない。車の免許を持っている人間しか買い出しに行けない時点で、買い出し当番を引き当てる確率は四分の一だ。仕方がないといえば仕方がないが、運が悪い。

ハイキング部とは、山や平地を散策するサークルだ。とりあえず現場に出て歩き回るなら、それ以上の決まりはないという緩やかで奔放なサークル方針だった。本格的に冬山登山をする人間もいれば、ただおしゃれをして、本を片手に森っぽい雑木林を散歩するだけの女子もいる。熱烈な環境保護運動をする人間もいる。とりあえずサークルというユニフォームは着ているが、人間の不揃《ふぞろ》いさが甚だしいサークルのひとつだろう。

何故《なぜ》棗がそんなサークルに所属しているかというと、効率的に石を集められるからだ。サークルの中で石集めをしているのは棗一人だったが、入山許可が必要な場所や、史跡があるような、古い自然が守られた場所は、大学からの申請にはわりと甘い。それを利用するためだった。

秋の合宿だ。コテージにある大人数用のキッチンは料理器具を揃えている数名の女子たち女子で賑わっていた。

長袖《ながそで》Tシャツにジーンズ姿の棗は、メモを見ながら、流しの前に立っていた女の子に声をかける。

「なあ。この『ジャガイモ三』って、三個のこと？　三袋のこと？」

「三袋！　カレー十六人分だよ？」

「じゃあ、この『鶏肉二パック』ってどのくらい？」

「三枚入りぐらい。六枚あったら足りると思う」

アンタの頭の中は見えねえよ、と心の中で毒づいて、メモの数字の単位を認識する。

「じゃあ、この『ニンジン一袋』は？」

「お徳用一袋で」

「レタスは？」

「十六人分お任せで」

どんだけアバウトなんだよ、と思ったあと、棗はふと、メモから顔を上げた。

「……これって結構な量になるよね？」

車があるからひとりで大丈夫だろうと言われたのだが、他にもトマトだとか、油揚げとか豆腐とか、かなり多くなりそうだ。

「車があるから大丈夫でしょ？」

「駐車場までどうするんだよ」

「でも、他の男子は、キャンプファイヤー用の枕木もらいに行ってるもん」

買い出しが、一番楽な仕事のように、花びらのようなエプロンをかけた女子たちは口々に言う。たかが買い出し、と言うつもりだろうが、この量はあんまりではないだろうか。

心配そうに奥の方から、女子が口を挟んだ。

「でも他の人たち、もう出かけたんじゃないかな」

「うちの人たちが残ってるかもしれないけど」

パーマの髪を緩いまとめ髪にした彼女が言う「うちの人たち」というのは剣道部の男子のことだ。

ハイキング部は六人だ。二十人用の新しいコテージを借りるために、なぜか剣道部と合同合宿をすることになった。というのもさらに建て前で、ほんとうは合コンだと棗が気づいたのはここに到着してからだ。

大学生になってまでキャンプファイヤーをするのも、恋愛ムードづくりのためということらしい。棗にはいい迷惑だったが、正面切って反対すると大きな反感を買いそうだったから言い出せずにいる。

見知らぬ土地の鉱石収集というエサにつられてやってきたが、散策する時間も取れず、夜は懇親会だ。ハイキング部の女子はとっくに互いの実態を知っていて、剣道部の女子にも好みの子はいない。それに自分が恋愛対象にするのは男だったから関係なかった。目の保養にしたくとも、剣道部は、コテージとは別の場所にある講堂を借りて練習するらしい。

「えー。じゃあ誰か女子つれてく？」

あからさまに迷惑顔をして、一人がまわりを見回した。

「あっ、私、棗くんと話してみたいから、荷物持たなくていいなら行くけど……」

意味がない提案をもらうが却下だ。

「……いい。俺、行ってくるわ」

埒《らち》があかない、と棗はため息を吐いた。持てなくなったら店の台車でも借りよう。

「よろしく！　なるべく早くね！」

「鬼か、あんたら」

もしかして苛《いじ》められているのだろうかと思ったが、これは正当なくじ引きの結果だ。どのくらいの量になるのだろう、と思いながら、部屋を出ようとしたときだ。

「俺、行こうか？」

鴨居《かもい》に手をかけて、背の高い男が中を覗き込んでいるのに気づいた。

「朋哉くん」

自分を呼ぶ声より一段高い声で、女子が彼の名前らしきものを呼ぶ。

短い黒髪、少しの動きだけで、物腰が柔らかいのが分かる。胸に、墨で大きく《一本！》

と書かれたTシャツを着ていて、ジーンズの脚が長い。夏なのにあまり日焼けしていなくて、肌や、Tシャツからのぞく腕の筋肉が大理石のように滑らかだ。

「朋哉くん、行かなかったの？」

「車の人数にあぶれちゃって。クジ、勝ち抜いたから、留守番してこっちの手伝いしてろって言われたんだけど」

嬉しそうな女子に、朋哉と呼ばれた男は応えた。ふわりと明るい雰囲気の男だ。多分人当たりのいい盛り上げ上手だ。朋哉は屈託のない表情でこちらを見た。

「買い出し？　一緒に行こうか？」

上から問われて、何となく面白くない。

「別にいいよ」

僻《ひが》んでいるように見えてかっこわるいと思ったが、ぶっきらぼうな声が出た。見下ろされるのがなんだが腹が立つ。棗だって身長は一七〇センチくらいあるから低い方ではない。彼が高すぎるのだ。ハイキング部の女子の声が違うのも、見慣れた自分よりも、彼が珍しいからで、男前だからだ。

「棗くんは車だから大丈夫だよー」

女子のひどい引き止めの言葉を無視して、朋哉はメモを覗き込んだ。

紫のシリコンリングが塡《は》まった手首に、関節の丸い骨が浮く色っぽさに、棗はなんだか感動した。目の前に喉仏《のどぼとけ》があるのにどきりとする。Tシャツの襟から一望にできる、滑らかな胸元から腹までが厚すぎず逞《たくま》しい。

「ほら。結構あるじゃん。俺運転できないけどいい？」

「まあ……」

掬《すく》うような口調に誘われて、同伴を許してしまった。

下心と僻みが混じって心の中で揺れる。女子の前でイイヤツぶりたいだけかもしれない。それとも棗に対する優越感だろうか。何となく変な攻撃心が湧《わ》き上がった。「アンタのことが好みなんだけど」と言われても、彼は今と同じ、涼しい顔をしているだろうか。

「行こう。ハイキング部の車ってどんなの？」

爽やかすぎる振る舞いに、怒りまじりの衝動が湧くけれど、押し合えば下心が勝つのだから、ほんとうに男とは悲しい生きものだ。棗はなるべく冷静な顔をして、車の鍵を手のひらに握った。

合宿が十月という時点で、合コンを予想してくるべきだったと、改めて棗は自分の迂闊《うかつ》さを反省した。

秋の夕方は肌寒く、日暮れも早い。

練習が屋内で、昼でも夜でも関係ない剣道部はともかく、ハイキング部は昼間以外、基本的に活動禁止だ。しかもオフシーズン間際だ。トレッキングのためというにはここは海辺だ。歩けるような山はなく、稲刈りは済んでいて田舎の景色を楽しむ様子ではない。古い橋や山中の仏堂などの見所もない。鉱物にシーズンはないからあまり気にせず来たのだけれど、下心満載のメンバーに混じると自分がどれほど場違いなのかを思い知る。

棗は隣を歩く男の長い脚の先にあるつまさきを見ながら、低い声で話しかけた。

「なあ、合コンだって、分かってた？」

「分かってなかったの？」

びっくりした顔で問い返される。気がついたら来るわけがない、と言いたかったが、一般的には喜ぶところなのだろう。

「今日気がついた」

正直に棗が打ち明けると、隣で朋哉は明るく笑った。「鈍すぎ」と朋哉は言ったが不思議と馬鹿にした響きはない。外を歩くのが楽しそうな声だ。

朋哉の隣はすぐ波打ち際だった。小さな砂浜だ。砂鉄で黒い砂浜は靴が沈み込まず、案外普通に歩ける。

車はコテージの前ではなく、少し離れた駐車場に置いていた。顧問の准教授の車だから、くれぐれもぶつけるなと念を押されている。

朋哉は凹凸のはっきりした横顔を、夕日に赤く炙《あぶ》らせながら言う。

「剣道部は女子剣道部と別だから、こういう合同合宿はありがたいけどね。うちと違って華があるじゃん？　女子剣道部、強いけど恐《こわ》いんだよ。俺たち以上に体育会系でさ。普通の女の子のかわいさが身に染みるよ。いいよね」

「そうかな」

ぱっと見は女の子らしくて華やかだが、実態はギラギラしたオタクだ。多分、彼女たちはすでに、棗を男として認識してない。今日は猫かぶりだ。感心する。

「ハイキング部って女子が多いな。何やってるの？　女子は」

「女子はって？」

「山登りするの？」

ああ、と棗は朋哉の問いを把握した。確かにハイキング部の活動は周りから見れば謎かもしれない。

「去年は、ほんとうに身体作りでトレッキングする人もいたらしいけど、今年の女子は史跡巡りがメインじゃないかな」

「史跡でハイキング？」

「弁当は持って行かないと思うけど、お寺巡りとか、お城巡りとか。歴女とかいうヤツ」

「へえ」

目的は違うが、棗と同じ、研究のためと称した立ち入り許可をもらうのが目的だ。なかなか上手《うま》い。

朋哉は、ふうんと感心した声を出したあと、棗を見下ろした。背が高いだけなのだが、いちいち見下ろされるのが腹が立つ。でも伏せがちにした視線が色っぽいな、と、前を向いたまま横目で窺いつつ、棗は浅く靴裏が沈む砂浜を歩く。

朋哉が言った。

「アンタは何か、ハイキング部って感じじゃないな。えっと……」

「今野《こんの》」

「名字は何て言うの？」

「名字が今野。名前は棗」

「ナツメ。どんな字？」

「茶道のナツメ」

わりと食い下がるな、と思いながら、棗はときどき砂を散らすつま先を見ながら答えた。

「ゴメン、茶道わかんない」

「言葉で説明しにくいから、帰って書くよ」

アンタが覚えてたら、と思いながら棗は言った。

少し白けた気分がした。コイツは別に自分に興味があるわけではない。これをきっかけに棗と仲良くなろうという気持ちは特になく、場を壊さないヤツなんだなと棗は悟った。関心がない人間にも興味を持った振りができる、世渡りの上手いタイプだ。

空気の読めるヤツだろう。誤解をすると痛い目に遭う。愛想がいいから打ち解けた気になったのに、実は計算された心地よい面だけを見せられて、何も彼のことを知らないという、質《タチ》の悪いアレだ。

「俺は朋哉。月がふたつの朋に、佳《よ》き哉のカナ。ナツメに比べたら普通の名前だな」

知っているのに名乗りなおして、朋哉は続けた。親切そうなのが鼻につく。

「でも名字は変わってるって言われる」

「何だっけ」

名簿は見たが、興味がないから覚えていない。

「美帆《みほ》っていうんだ。ミホちゃん、っていうと女の子みたいだけど発音が違うよね」

「ホにアクセントか」

「そう。朋哉でいいけど」

朋哉。と口の中で繰り返した。なんだか、するっと心に滑りこまれた感じがして少し驚く。何をされたわけでもないのに動揺して不安になりそうだった。

朋哉は愛想のいい笑顔で棗を見た。

「それで、棗は歴女？」

「俺は男だけど」

「ああいや、間違い。歴男《れきお》？」

一瞬性的指向を読み取られたのかと、背中が冷えたが単純な間違いのようだ。それにしたって歴男とはなんだ。噴き出しかけるのを堪えて棗は応えた。彼が人の心をほどくのが上手いのは、多分、素だ。少し悔しいがリラックスする。苦笑いが漏れた。

「いや、鉱石マニア。石拾いに来たんだけど、拾いに行く時間がないみたい」

本末転倒な話だ。昼間はコテージを快適にする作業と夜の準備、夜は合コンだ。ひとりで来た方がマシだったと後悔してもあとの祭りだ。

「へえ。鉱石。……琥珀とか？」

「──……」

興味がないなら、引っかかったふりをしなくてもいいのにと思いかけて、棗の方が琥珀という言葉に引っかかった。

「琥珀、好き？」

はじめて棗は朋哉の心に興味を持った。

何故だろう。他にも有名な石はいっぱいあるのに、なぜ、琥珀なんか。

「いや、石はわかんないけど、ほら」

と朋哉が海の方を見る。

一本

「琥珀色ってこういうのじゃなかったかなって」

出る前は、薄明るかった空は、今は陽が傾いて地平の彼方が輝きはじめている。

夕暮れの手前。太陽の下半分が赤く染まりかかっている。空は一面、透きとおる金色。まさに琥珀色だ。光には未だ陽射しが残っていて、波をはじいてほんとうに水の上できらきら音がしそうだった。

「ああ、そうだね」

何か、ついてないな、と思いながら、棗は気のない声で相づちを打った。琥珀のことを話したいと思ってしまった時点で、悪いことは始まっているのかもしれない。彼の愛想を本気に取るつもりはないし、仲良くなる予定のない他人にしっぽを振ってみせるほど自分は社交的ではない。でも、この誤解だけは解いておきたかった。自分だけの責任のようにも思った。

「えっと、な……琥珀は石じゃないんだ。樹液の化石。虫入り琥珀って見たことない？」

「ジュラシックパークのヤツ？」

「そう、それ。詳しいじゃん」

ジュラシックパークというＳＦ映画の基本設定だ。科学者が、琥珀の中に閉じ込められた蚊《か》を取り出す。蚊が吸った恐竜の血液からＤＮＡを採取して、恐竜を復元するところから物語はスタートだ。

知っているなら説明する必要はないか、と思ったが何となく喋《しゃべ》ってしまった。

「二万五千年前の蚊も、そんなことになるとは思ってなかっただろうな」

「あれ、作り話じゃなかったの？」

「出来事自体はフィクションだけど、ほんとうにあるかもしれない話だよ。恐竜の血を吸った直後に、樹液で密封されたまま、真空状態で保存されるんだ。何千年も、何万年も。空気も温度も関係なくて、その瞬間のまま閉じ込められてる。他には葉っぱの繊維とか、大きいものじゃヒキガエルとかトカゲとか出てくることもあるんだ。まるっきり腹の中も残ってるから、ＤＮＡぐらい取り出せるんじゃないの？」

「へえ、すごい」

「虫だけじゃない。他にも花とか……――水とかも」

そう呟いて何となく、朋哉を見た。

朋哉の向こうの夕焼けが琥珀みたいで、逆光に浮かんで黒く見える彼の、線の美しい身体の影が、琥珀の中の貴重な虫のように見えた。

「――琥珀は、地球のタイムカプセルって、言われてるんだよ」

閉じ込めてしまいたい、と棗は思った。琥珀にこの景色を、この海を。声も視線も全部。琥珀のように静かに、色あせない一瞬を自分だけのものとして、結晶にしてしまいたかった。

嫌だな、と思った。恋の始まりは棗にとってほの暗い感情の始まりだ。自己嫌悪、無力感、理不尽。今後、彼を想うたび、諦《あきら》めるしかない感情をいくつも覚えてゆくのだろう。

彼が女の子にもてるのは疑いようもなかったし、朋哉に告白するに違いない、女の子の視線も知っていた。

三泊四日の合宿の成果は、カップル二組、失恋二組という結果だ。上々というところだろうか。

成就したカップルの一人は予想通り朋哉で、相手は例の歴女だった。

調理用具を片付け、最後の掃除をする。終われば現地で解散だ。

元々こんなことでもなければ、剣道部とは縁がない。朋哉ともきっとこれきりだろう。学舎も違う。構内で偶然会いそうにもない。

大体棗の恋はいつもこんな風に終わる。何となく誰かを好きになって、見守って、会えなくなってそれで終わりだった。

短くも美しい失恋だった、と、朋哉を想った短い日々を心の中で締めくくりながら、バッグの中に荷物を詰め込んでいると、不意に目の前に紙が差し出された。掃除屋のチラシだ。紙から長い腕を視線で辿《たど》る。見上げると、朋哉だ。

「……バイトの勧誘?」

先に訊いたのは棗だった。時給八二〇円と書いてある。朋哉は、あ、とチラシをひっくり返して白い面を見せた。

「名前書いて」

覚えていたのか。

胸をつかれたような気がして、そっと息を止める棗に彼は続けた。

「ついでに携帯の番号も」

† † †

「あ――……」

目が覚めると、手首の裏と、目のあいだがべたべたに濡《ぬ》れていた。手首を目の上に乗せて、泣きながら寝ていたらしい。あの日の夢を見ると大体こうだ。決まって朋哉が失恋した日に見る夢だった。

棗はソファの上に起き上がって、濡れた手首をズボンでごしごし擦《こす》った。鼻の付け根の涙は指で拭《ぬぐ》う。肌が弱くて、涙の些細《ささい》な塩分で頬《ほお》が痒《かゆ》くなる。顔を洗ったほうがいい。

部屋の電気をつけっぱなしだ。カーテンの合わせ目がうっすら白くなっている。時計を見ると、朝四時前だった。

朋哉には飯を食わせたのに、自分はとうとうなにも食べずに眠ってしまった。この時間にしては不自然な腹の減り具合だ。朋哉のことに必死になって、気づいたら色んなことが放りっぱなしになっているのは今に始まったことではない。

朋哉と出会う前の棗は、普通の鉱石収集家で、色んな種類の鉱石を集めていた。元々琥珀は好きだったが、その頃は方解石と水晶のコレクションが多かったと思う。

あの夕日が浮かんだ空の色と、同じ色の琥珀が欲しいなと思った。ほんの五分足らず。棗の世界を一色に染めた、夕日の琥珀だ。

そう思って、集め始めて、今では琥珀オンリーだ。

「馬鹿みたい。……だけど好き」

こういうところが救われないと思いながら、いよいよ病んだ気がして、棗はソファの上で膝《ひざ》を抱えた。

アイツのせいだと思うと、恨めしい気がする。アイツのおかげでと思うと、恋しいような気もした。


「ん――……！　……っ……」

こういうことをするたび、馬鹿だと思うが、精神の健康のために必要なことだと、どこかの雑誌で見た気がする。

玄関の鍵はちゃんとかけたな、と記憶を確認しながら、暗い部屋で棗は自分のベッドにうずくまっていた。

「……っ……。ん――……」

自分の手で欲情を扱《しご》き、後ろのやわらかい窄《すぼ》まりに指先を押し込む。ジェルで濡らして内側は滑らかだった。狭い身体だが、ずいぶん慣れた。痛みはなく、心地いいくらいの苦しさがある。指先も身体の方も、気持ちよさを失わない妥協点を知っていた。

「あ……っ……」

身体の中に埋まる快楽の場所もとっくに探し出していて、体内にある固い実を、棗は辛くないくらいに指の腹で擦った。指の関節が危うい器官を出入りするたび、滲み出すような淡い熱が湧き上がってくる。気持ちがいいと思うところを少し過ぎたところの快楽が棗の好みだ。

「ふ」

左手の中には、琥珀の粒が握られていた。今のところ、あの夕日の色と一番近い色をした琥珀だ。

あともう少し色が赤ければ、そして波のようなグラデーションがあれば。できればあの日の会話を思い出せるような、蚊か羽虫を含んだ虫琥珀であったなら。

贅沢《ぜいたく》をいえば切りがないが、一応この石を見れば欲情できるのだから、合格ラインだ。

琥珀は触れるとあたたかい。それが夕日の温度のような、あるいは朋哉の体温のような気がするのも、拠《よ》り所にしてしまう理由だろう。

机の上に、ペリドットのブレスレットも持ち出してきていた。琥珀に飽きたらそれを眺める。朋哉が他人に与えた品なんかに欲情して馬鹿みたいだと思うが、本人に欲情するわけにはいかないのだから仕方がない。

「ん……っ……」

指を二本咥《くわ》えた場所から、痺《しび》れるような熱が腰いっぱいに広がってくる。だんだん高まってくる快楽に浸りながら、どうでもいいことを考えた。

メールの返事。二時間ぐらい、全然待つな。

朋哉を振った女のセリフを思い出した。

食事の誘いの返信メールだ。自分なら二時間くらい平気で待つ。一食ぐらい、メシを食いっぱぐれてもかまわない。

朋哉は、棗のことを気心が知れすぎた友人と思っているのだろう。振られたときの様子を、恥ずかしげもなく事細かに喋る。理由は必ず言う。

メールの返信が遅い、初めに思ってた性格と違った、長電話に付き合ってくれない、デートの行き先の希望が違う。他に彼氏ができたという信じがたい女もいる。他にも、面倒くさくなった、食べものの好みが合わない、セックスがしつこい人とは付き合えない。

「――……」

そうか、しつこいのか、と思うと身体の中を擦る指が熱心になった。思い出すだけで毒を垂らされたように急に欲望の熱が高まる。

朋哉はどういうセックスをするのだろう。想像はするが、さすがにそれは訊けないし、ベッドの中をベラベラ喋るほど朋哉は無節操ではない。朋哉の性的な情報はそのくらいしか知らなかった。

朋哉に欲望を抱《いだ》くようになってから、しばらくは朋哉を抱きたいと思っていた。だが、恋心を心に押し込めすぎて、失恋の品を収集するという歪《ゆが》んだ満足感を抱えて隠しながら暮らしているうちに、いつの間にか何か色々こじらせすぎたらしい。琥珀のように、アイツの精液を身体の中に抱えて生きて行けたらと思うと、朋哉の肉体の一部を身体に含むことを想像してしまうようになった。

女性は腹の中に出されたものを命にして吐き出したがるのかもしれないが、男だから、身体の中に抱え込んで冷えた化石になるしかない。

枕に頬を押しつけて、大きく波打ち始めた快感に集中した。

「あ……！」

朋哉はいつまで振られるつもりなんだろう。いつまで自分のコレクションは増え続けるのか。

ほんとうに馬鹿だと、自分でも思うけれど、朋哉が恋しいのも身体が寂しいのもほんとうだから、今の生活が正しいと棗は信じている。

† † †

オカマバー、ザ・ミモザの中では、カウンターの隅が棗の定位置だった。自分が出入り業者である遠慮もあるが、無理やり分類すればゲイの棗の居場所は、本当はここにはない。

ここでもけっこう棗の存在は謎扱いで、時々客に混じってカウンターで酒を呑《の》みながらシヨーを楽しんでいるのだが、誰からも声をかけられたことがなかった。カジュアルな私服のせいで、学生アルバイトか、飲料系の業者だと思われているのだろうか。当たらずと雖《いえど》も遠からずだし、棗にとっても気楽な空間を確保できるのはありがたいことだ。

開店までずいぶん時間のある時刻だった。夜になるとラグジュアリーな照明に煌《きら》めき、広広とした空間を演じる店内だが、白い蛍光灯がつき、ミラーボールが輝いていないと何だか急に狭く、安っぽいものに見えてしまう。ソファのシミが目立つし、テーブルの角が擦り切れているのが分かる。カウンターもバックバーも、琥珀の輝きが薄れて普通の板《いた》と棚《たな》だ。

魔法のようだと、夢から醒《さ》めたような粗末さに初めのうちは驚いた。だが、もしも棗に、夜の空間と今この白けた空間のどちらを愛しているかと訊かれれば、間違いなく、飾らない自分で付き合える今がいいと応える。

「営業時間前は節電なのよ。ごめんなさいね」

ドレスに着替えるまえのリカりんが、カウンターの内側で言った。客がいない時間、カウンターと、舞台の上には灯りが灯っていない。バックバーの隅に、照明ではなく蛍光灯がついているだけだ。

「ううん、気にならない。丁度こっちに来る用事があったから、こないだのお礼を言いたくて」

付き合いが長くとも、こんな時間に出入りしていても、リカりんの素顔は見たことがない。今日もゆったりとしたワンピースを着ているが、ヒゲの気配もなければメイクもしっかりしている。身だしなみにはこだわりがある人のようだった。気怠《けだる》い喋り方が特徴の某大女優に似ている。ただし身長は一九二センチだ。ヒールを履くと余裕で二メートルを超える。

リカりんは、棗の前に従業員用の冷やし飴《あめ》を置いてくれながら言った。

「そう言ってもらえるとありがたいわ。自家発電しようにも、アタシ、切っちゃったしね」

「ど、どういうこと？」

「男が抜くときって、発電できるんだって。テレビくらいはつけられる電力らしいわよ？なんなら発電して行きなさいよ」

「い、いや。いいです」

発電なら昨夜。と零《こぼ》しそうな唇をぎゅっと締めて、棗は首を振った。

透明な液体の入ったガラスの器に口をつける。水より少し存在感のある、よく冷えた飴がおいしい。

「ところで？」

短いボブから男らしい首筋を生やしたリカりんは、カウンターに肘《ひじ》をついて肩を乗り出してきた。カウンターにアメジストの太いネックレスが乗せられて、じゃらりと音を立てる。

尋問のような鋭さでリカりんは言った。

「また失恋したの？　アンタの男」

「俺の男じゃないよ。片想いって言っただろ？」

「知ってるわよ。ホント諦めが悪いわね」

遠慮なくばっさり切ってくれるあたりが、ザ・ミモザに通うことになった理由のひとつだ。きっかけは、合宿で朋哉と会った翌週、思いつめて、同じ性的指向を掲げて経営される店に飛び込んでみようと決心したことにはじまる。

男が好きな自覚はあったが、それでどうこうしようと思うほど、それまでの棗は自分の性に積極的ではなかった。「どうせ駄目だし」と、相手を想う以上の行為を初めから放棄してきたのだ。その状態で、朋哉に対してこれまで経験したことがない、深い恋愛感情を覚えてしまったから、我ながらかわいそうなくらい動揺した。男に本気の恋をしてしまった自分はどうなるのか。突然迷子に気づいたときのようにうろたえ、朋哉を襲うか、襲う前にビルから飛び降りるかとまで思いつめ、挙げ句、詳しく厳密に分類された棲《す》み分けを理解しないまま、オカマバー、ザ・ミモザに飛び込んでしまったというわけだ。分類を見誤るなど、鉱石バイヤーにあるまじき不覚悟だった。

まずは弄《いじ》られ、店総動員の身の上相談となり、リカりんのお説教をくらい、落ち着くまで来なさい、と叱られ、何だかんだで出入り業者になってしまった。

リカりんは細いメンソールの煙草の先端を金のライターで炙った。口調はやや否定的だ。

「アンタもおかしいけど、ソイツもおかしいわ。アタシが知ってるだけでもしょっちゅう失恋してるじゃない。相手の女もたまんないんじゃない？　ヤリチンなの？」

「……アイツの面目にかけて、違うと思う」

振られるのは朋哉の方で、自分が知る限り、朋哉はこまめで誠実だ。リカりんの言い方でいえば「ヤリ捨てられ」だ。もしかして極端に小さいとか短いとかだろうかと思ったが、温泉旅館で、そうではないことを確認した。あれが勃たないなら文字通り宝の持ち腐れだ。

リカりんは、どちらかといえば朋哉のことをよく思っていないようだった。自分の話でしか朋哉のことを知らないし、棗贔屓《びいき》のせいもあると思う。贔屓と言うには棗を詰《なじ》りすぎだが、

リカりんは情け深い人だ。

「棗ちゃんはさあ、草食系っていうか、もう鉱物系じゃないの？　どうせならそんな男を追い回すのやめて、琥珀とでも恋をしてれば？　少なくとも琥珀は裏切ったり、アンタを捨て

たりしないでしょう?」

「琥珀と付き合えるならそうしてるかも。でも無理なんだよ、いろいろ考えてみたけど」

他の男を好きになるとか、女を好きになろうと努力するとか一般的な選択肢は色々あると思う。この店のスタッフに「棗ちゃんも使わないなら切っちゃいなさいよ」と誘われたことがあるが、女性になりたい欲望はない。自分は男で男が好きだ。これがたぶん、一番自然な棗の心の在り方だった。

リカりんは遠くに息を吹きかけるように、細く煙を吐き出している。

「一回店に連れてきなさいよ。アンタに似合うかどうか、アタシが見てあげるわ。今のところやめときなさいって言うに違いないけど」

「リカりん、俺がこの店に来るのおかしいって言ったじゃないか。ノンケの男はよくて、ゲイは駄目なのかよ」

「性別とか種類の話じゃないの。人間性を見てやるって言ってるのよ。アンタは今でもおかしいわ。なんでうちにいるのよ」

「俺、一応、常連で、取引先なんだけど。……そりゃ俺の方がすごくお世話になってるけどさ」

「ゲイは、ゲイバー行きなさいよ。ここはオカマバーよ」

「今ならそうするよ。行く気もないけど」

ここに来た初日、同じ言葉で叱られたけれど、最近はあまり聞いたことがなかった。今日のリカりんは機嫌が悪いのだろうか。

リカりんは顔をしかめて、それは美しく細く、遠い場所でぱっと煙草の煙を吐いた。

「ゲイはちゃんとゲイと付き合いなさいよ。ノンケは不毛よ。オカマは問題外よ。そうすれば少なくとも今より幸せだと思うけど？」

低めの声で言われて、ああ、心配してくれているんだと棗は思った。「そういう風に生まれたんだから仕方がない」というのがリカりんの持論だ。「だからといって幸せを諦めていいわけじゃないの」と言うのも必ず付け足される。

リカりんは、ショートボブの耳元を掻き上げながら言う。

「憧《あこが》れじゃ腹はふくれないのよ。実体が欲しいじゃない。生身が」

彼女自身の気持ちのようにリカりんは言うけれど、自分とは少し違うと、棗は思った。

確かに寂しい。このままでは一生一人かと思うと、誰でもいい、寄り添える相手が欲しいと探してしまいそうになるくらい、不安を覚える。

でも傷を舐《な》め合いたいわけじゃない。仲間を探しているわけでもない。自分は自分で、朋哉が好きなだけだ。それが理由で一人なら、どうしようもない。

「リカりんが言ってくれてること、分かるけど、俺はパートナーが欲しいわけじゃなくて、普通に恋をしているだけなんだ。今のところ、朋哉以外は考えられない。俺はこれでいいんだ。ただ恋愛が叶《かな》わないだけなら、誰だって、どこにだって、あることだろう?」

男同士が特別ではなく、男女の間でもあることだ。同性同士だから初めから諦めているだけで、片想い中の人間ならこの世にごまんといる。

きれいに口紅を塗った口許《くちもと》を歪めて、棗を見ていたリカりんはため息をついた。

「年に四度も失恋か。よくやるわよね」

呆れた様子のリカりんに、少しほっとしながら棗は相づちを打った。

「たまったもんじゃないよね」

「あんたは変態だからそれでいいんでしょ?」

辛辣《しんらつ》な意見が返ってくる。ようやくおかしくなって棗は笑った。

「うんまあ。でも今のとこ、不幸じゃないかな」

自分の気持ちを朋哉に隠せている限り、片恋もそれなりに楽しい。親友の立場を隠れ蓑《みの》に、当然のように一緒に呑んで、新しい店ができれば食べに行って、優しくされて舞い上がって、偶然手が触れれば数日幸せで、泡沫《ほうまつ》の喜びが切なくなって、時々こうして、やるせない気持ちになるけれど、これもじきに薄れることを棗は知っている。

リカりんはまた、ふっと遠くに煙を吐いた。

「立派な中毒ね」

「中毒?」

「そう、失恋には中毒性があるのよ」

「恋愛じゃなくて？　失恋限定？」

「まあ、恋愛にも中毒はあるけど、失恋はまた別で、強烈なの」

恋愛中毒という単語には聞き覚えがあるが、失恋中毒というのは分からない。

そう言ってリカりんは、紫の灰皿で煙草を揉《も》み消した。

「好きな相手に振られると、相手のこと、余計に恋しくなるでしょ？」

「だって、ただでさえ好きなのに、捨てられると思ったら焦るよ」

「うん。普通はそこで駄目になって、だんだん思い出に変わるのよ。アンタは違うでしょ」

「……確かに」

直接振られたことがないせいで、失恋を失恋と認めきれず、ずるずる朋哉を好きでいるのは認める。朋哉が新しい女と恋をはじめると急に寂しくなり、振られると自分の所に戻ってくるのではないかと、ありえない想像で幸せになる。完全に自分だけの想像の世界だ。奇妙なテンションの高さを持てあますのにも身に覚えがある。

「失恋したときってね、依存とか中毒とかと同じ部分の脳が動くのよ」

多くの客と話すせいか、リカりんの知識は広い。こと恋愛に関しては、科学的なことから亀甲《きっこう》占いまで幅広かった。

「コカイン使ったときと同じところが刺激されるの。だから失恋と同時にストーカーが発生しやすいんだって。振られたときの快感がクセになるの」

理由や事情は違っても、人の感情や行動は、単純な脳への刺激が元になっていることは棗も知っている。失恋の痛い甘さが癖になるのは分かる気がするが、恋愛面で、棗は朋哉に迷惑をかけたことはないと思う。

「俺はストーカーじゃないよ」

「ストーカーを名乗るには消極的だけど、実際立派なストーカーだと思うわよ？　アンタ、彼氏の振られたときのセリフ、全部覚えてるじゃない。コレクションなの？」

「いや……それは……」

実は言質《げんち》だけではなく、物的コレクションもあります、と白状すればこの店で一生ストーカー扱いされるのは確実だった。

リカりんは、前下がりのきれいなボブの中で男らしい横顔を見せながら、カウンターから身体を起こした。灰皿を持つ手が大きい。

「棗ちゃん、気が済むまでうちに来てもいいけど、心の中で整理がついたら、ここに来るのも彼に執着すんのもやめなさいよ。一生は一生で一回きりなのよ？」

リカりんがこんな説教臭い話をしたのは、リカりんの目から見て、そろそろ潮時を越えるという警告だろう。読み間違えれば溺《おぼ》れてしまう。自分が集めた、朋哉の失恋コレクションという海で。

「分かってるよ。ありがとう」

言い訳もせず棗は頷《うなず》いた。このままでは報われる日が来ないことも、ずっと一人きりなのも分かっている。

でもどこにも動くことはできないと思った。言葉も品物も気持ちも、こんなに多くの失恋コレクションを捨てられる日が来るイメージが、どうしても脳裏に浮かんでこない。引っ越して全財産を捨てるとかでもしない限り、けっして手放すことはできないだろう。

「考えてみるよ……」

リカりんに心配をかけるのは申し訳なく思っていた。感謝の気持ちもほんとうだった。

† † †

自分は好きなことをしながら生きているので、他人の出世を羨むことはないと思っていたが、こういう人間は男としていけ好かないと棗は思う。

「いいお部屋ですね」

家具が何もない部屋の入り口で、棗の隣に立っているスーツの男が感心したように言う。

若い男だ。データによると、自分より二つ年上。大手流通会社のサラリーマンで、今度大阪に転勤予定だから部屋を見たいと、棗の会社の内覧会に申し込んできた。

ひと目で絹と分かる軽そうなサマーコート。長めの丈をスッキリ着こなすのがちょっとキザだ。中のスーツも上等そうだった。

デニムジャケットにカーゴパンツで隣に立つと、ちょっと気が引けてしまいそうだ。今朝、棗が出社してみると、担当する予定だった社長が急用とかで、急に棗が代打に立つことになった。今日に限って置きスーツを家に持って帰っていて、着替えに帰るのも間に合わない。普段の勤務は、私服に会社のロゴ入りのジャンパーを羽織っている。さすがにそれで新幹線に乗る勇気はなかったが、私服でも場違いには違いない。

「お得な物件だと思います。契約前のお約束がしっかりできる方だけにご紹介する物件で、格安となっています」

ぶっちゃけ社長の失敗物件だ。

とある地方銀行が破綻《はたん》したとかで、抵当に入れられていた真新しい高級マンションが破格値で売りに出された。たまたま情報を得た社長が、ウソのような値段に飛びついたのはいいが、東京の本社から離れた大阪の物件だ。あとの管理を考えていない。維持管理は別の業者に頼めばいいが、家賃が取れなくなったとき、取り立てにゆくと元が取れない。だから大手企業勤務で、面接をして、しっかりしていそうな人物のみに紹介しようと客を選り好みしていて、今度は棗の会社の不良債権になりそうな部屋だった。

「もひとつは？　同じ部屋なの？」

と訊いてくるのは、小林《こばやし》という名の、五十代の男性だ。中小企業の社長だということだった。今時見せびらかすような大粒のダイヤモンドのネクタイピンと、小粒の宝石が全面に埋め込まれたゴツい腕時計が凄《すご》い。

「はい。左右対称ですが、内容は同じです。３ＬＤＫ、実質四畳のウォークインクロゼットがついています。玄関も同じ広さです」

今日の内覧客は二人だった。若くてしっかりしてそうな企業勤めと、家賃一年分を前払いするとちらつかせる会社社長だ。まとまった内覧日が設けられたのは棗にとってもラッキーだった。

「ああそう。いいねえ」

と言って棗より先に進んだ小林が言う。宮田《みやた》という名前の若い方の彼に、棗が「どうぞ」と手を差し出して促すと、宮田は棗に微笑《ほほえ》みを返し、奥へと進んだ。

「……?」

外から大きな音量で音楽が流れてくる。けっこう離れた場所から聞こえてくるようだ。どんな音量だ、と呆れながら耳を傾けると、最近スマッシュヒットの女性歌手のラブソングだった。どこに行ってもよく耳にする。「どんなときも側にいる」という内容だが、そんなことでは想いは叶わないことを棗は知っている。

彼女ができたときも、別れたときも、寂しいときも、ことあるごとに呼び出されて一番側で生きていたって、棗の想いが朋哉に届くことはない。打ち明けないから振られない。振られないから新しい恋を始めることもできない。生ぬるい地獄だ。終わりはない。

いつかはハッピーエンドになるのだろうその曲を苦々しく聴いていると、音源が動き始めた。信号停車の車か何かだったらしい。

「広いですね」

音が遠ざかるのを見計らうようにして、宮田が言った。すっかり気を取られてしまった棗ははっと顔を上げた。

「ええ。同じお家賃で、同等のお部屋はなかなか見つからないと思います」

何しろ採算度外視、安全第一物件だ。赤字が出ない程度の家賃で、とにかく間違いなく支払ってくれるのが優先だった。

「西日は？」

作り付けのクロゼットを遠慮なく開けながら小林が言う。扉は北欧製だそうだ。中には作り付けの、小物用の抽斗がついている。これも家具屋で買えばずいぶんな値になるだろう。

「もう一つのお部屋の方は、いくらか西日が差しますが、お勤めなどで、昼間お出かけの方にはほとんど気にならない程度だと思います。真西ではないので、冬に暖かいことを思うと、どちらがいいということはないと思います。お好みですね」

「じゃあな、たとえば兄ちゃん」

小林が切り出した。

「そっちの兄ちゃんも、この部屋借りたいんだよね？」

「ご検討くださっていると思います」

「……」

宮田は様子を窺うように、黙って小林を見ている。小林は言った。

「俺が西日の方を選んだら、家賃は安くなるのかね」

「いいえ、このお部屋の条件でこのお家賃です。他と比べていただいても、ずいぶんお安いと思う――」

「他と比べる話はしてねえだろうが！　安くなるのかならないのかって訊いてるんだよ、俺は！」

いきなり怒鳴られて、棗は目を瞬《またた》かせた。びっくりしたがすぐに、これはもしや、と棗は嫌な予感を覚えた。

「客に悪い方の部屋を貸しておいて、家賃が変わらねえってどういうことだ！」

初めからこうするつもりで内覧に来たのだ。西日でなくても何か難癖を付けて、家賃を下げさせようとする。

ただでさえ破格値の物件だ。それに難癖を付けようとするくらいだから、又貸しするつもりかもしれない。

しっかりしてくれ、社長、と棗は今頃会社でのんびりしているだろう社長を呪《のろ》わしく思った。「いいねえ棗くんは、仕事ついでに新幹線に乗れて」などと朝から抜かした結果がこれだ。失敗物件をキャッチしてきたばかりでなく、肝心の身上調査もしていない。自分の尻ぬぐいは自分でしろと言いたかったが今はそんなことを言っている場合でもない。

「お前の会社は暴利だな！　不動産会社ってのはみんなヤクザみたいなもんだ！　こんな部屋で定額取ろうとしやがって！」

切り出し方も慣れているし、常習犯かもしれない。棗はできるだけ丁寧に説明を重ねる。謝りつつ譲るな、というのが営業からの教えだ。棗は元々口が上手くないから、言葉で宥《なだ》めて回避するのは難しいが、いい部屋にできるだけ安く住んでもらいたいと願う誠実さだけは一人前のつもりだ。

「ですから、今回のお部屋は両方とも、うちができる一番底値まで勉強させていただ……」

「じゃなくて、いい方の部屋と家賃が一緒ってのはどういうことだって訊いてるんだよ、兄ちゃん！」

棗の説明をぶった切って小林は怒鳴る。間違いなく又貸しだ。

「ですからあの！」

「いっちょ前に文句言う気か？　ああ!?　おたくの悪い噂は、月額二万じゃ買えねえかもなあ！」

気に入らないなら契約しないでくれと言おうとしたら、断ったら会社の悪い噂をばらまくと小林は言う。家賃を二万円下げろと言うことだろう。棗はこのマンションの元値を知っている。二万円も下げたら赤字だ。

できないと言えば、できると言うまで喚き散らすだろう。譲れば宮田の家賃も下げなければならない。譲れない。

「私は、家賃の交渉には応じられません。帰ってうちの社長にご意見をお伝えします」

棗は部屋を見せにきただけで、棗に家賃を決める権限はない。

「……本当だな？」

小林は棗の目の前に、ポケットの中から取り出したスティックを差し出した。何だろうと、小林の手から覗く灰色のスティックに目を凝らす。

小さな機械。ボイスレコーダーだ。

「お伝えするだけです！　家賃を下げるお約束ではありません！」

棗が慌てて言い募ったときには、小林はポケットにボイスレコーダーをしまって、棗に背を向けていた。

「待ってください！」

追いかけて、靴を履く小林の腕を摑んだら激しく振り払われた。

「いいか！　約束だからな！」

「覚えがありません！」

怒鳴られてもひるまずに、棗が言い返したときだ。

「……あの」

場違いなくらいのんびりした男の声が、すっと挟まった。

「俺、向こうの部屋で契約したいんで、こっちのお部屋がいいならどうぞ」

「宮田さん……」

背後から覗くようにして棗の側まで歩み寄ってきた宮田という男は、ひょうひょうとした様子で、自分の腕を軽くさすりながら言った。

「俺、寒がりなんで、明るい部屋も好きだし。契約、いいですかね」

「俺のが先だろ、アンタ！」

「同時申し込みのときは、内覧希望が先の方が優先されるって案内書に書いてました。確か、電話で俺が一人目だって聞いたんですけど？」

尋ねるような視線を送ってくる宮田に、棗はただこくこくと頷くことしかできない。

「ふざけんなよ！　横取りかよ！」

「常識的な確認ですよ。あなた、こちらのお部屋の方がいいんでしょう？　譲りますよ。お互い気に入った部屋で、万々歳じゃないですか」

「なんだと、このガキが生意気な口利きやがって！」

「やめてください！」

宮田の胸ぐらをつかもうと手を出した小林を、棗が止めるよりも、宮田がコートから細長い機械を突き出す方が先だった。小林が持っていたのにそっくりな灰色のスティックだ。

宮田はわざとらしいくらいすっきりとした笑顔で小林を見た。

「警察で相談しますか？　法律事務所にしましょうか」

宮田に問われた小林は、ぎりぎりと音が聞こえそうに顔を歪める。そして、

「もういい！　こんな部屋……」

と吐き捨てかけ、

「後で連絡する！」

と怒鳴って飛び出していった。この部屋の安さを捨てないほどの理性はあるらしい。

棗は困惑したまま、宮田を振り返った。

助かった。けれど、最近の客はみんな、懐にボイスレコーダーを仕込んでくるのだろうか。

驚くというより怖くなりながら、おそるおそる宮田を見ると、宮田はふにゃりと表情をゆるめて、手に握っていた機械の本体を棗に差し出して見せた。

「なんちゃって」

「じゅ……充電……器……」

電池で動く、携帯の予備用充電器だ。逆さに持てば、ボイスレコーダーに見えなくもない。

それをぽかんと見たあと、棗は我に返った。

「あ、あの、ありがとうございました。せっかくの内覧会なのに、ご不快な気分にさせてしまって、申し訳ありません」

急いで宮田に、お礼とお詫《わ》びを言う。

宮田が機転を利かせてくれなかったら、今頃言い合いになって、もっと不利な言質を引き出されていたかもしれない。マンションには他の住民もいる。あのまま喚き散らされていたら、本当に会社に悪評を立ててしまうかもしれないところだった。

「いいえ。営業って大変ですよね。俺も営業だからわかります」

整った顔立ちの宮田が微笑むと、意味もなく爽やかだ。棗はもう一度、宮田に頭を下げた。

「俺も未熟でした。気をつけます。……それで、さっきのお言葉なのですが」

小林の揚げ足を取るために言った宮田の言葉を、鵜《う》呑《の》みにするほど恩知らずではない。

「ちゃんと、宮田さんのお好きなお部屋を選んでくださって結構です。おっしゃるとおり、ご希望のお部屋が重なったときは、内覧申し込み順になりますから」

帰ったら社長に話をして、家賃は無理でも、宮田の敷金礼金を少し融通できないか相談してみよう。入居の時期も、自分の権限でできる限り、宮田の希望通りにさせてもらいたい。

棗が申し出ると、宮田は気楽な感じの笑顔を浮かべて言った。

「いえ、俺、寒がりなのは本当なんで、ここより陽が入る部屋があるならそっちがいいです。

念のため、お部屋、見せてもらえますか?」

「もちろんです」

優しく尋ねられて棗は頷いた。

宮田とともに反対側の部屋を見に行くと、西日のことを慮《おもんぱか》ってか、心なしか向こうの部屋より、据え付け家具やバスルームの仕様がデラックスなような気がした。

宮田もそう思ったらしく、一通り見終えてすぐに「ここに決めたいと思います」と言った。同じ設《しつら》えの物件はたくさんあるが、同じ家賃で他社とは競争にならない物件だ。駅やデパートからも近く、立地もいい。宮田も、下調べをして部屋を確認しに来たという感じの即決だった。

「——それでは、ご連絡をお待ちしております」

アパートの下で、棗は宮田を見送った。

来るときは、二人で待ち合わせて大阪まで一緒の新幹線で来た。来たときと同じように、自分と一緒に帰れば自宅まで車で送ると申し出たのだが、宮田はこのあと仕事の都合があると言い、棗は一人で帰ることになった。

内覧会は拍子抜けなほど、あっさりと終了してしまった。内覧会の参加特典は昼食だったのだが、小林は飛び出してしまったし、宮田は大阪の客と会わなければならないと言って、元々参加しない予定だった。予約していた料亭にはキャンセルを入れた。

会社に報告を兼ねて連絡した。小林の件も相談したが、現段階ではどうにもできず、予定通り、午後休みを入れていいと言われたから、内覧会のあとは棗は直帰扱いになった。

早めに終わったら、会社に戻っていつものエリアで石バイヤーの店を回るつもりだったが、せっかく大阪で野放しだ。大阪のストーンショップに行ってみた。しかし気にかかるような石は特に見つからなかった。

時間は余ったが、一人で大阪の食事を楽しむ気分にもなれない。大阪に店を構えるバイヤーに連絡を取ってみたが、現在、海外に仕入れに行っていて不在ということだ。別の店で琥珀を二点購入したが、それもあまりぴんと来ない。天然石はまさに運だ。悪いときに出会う石は徹底的に悪いものかもしれない。

昼間も新大阪駅は混雑している。構内を早足で行き交う人の間を、棗は沈んだ気持ちで歩いていた。

小林は、ボイスレコーダーに録音した音声を利用して、会社に何か言ってくる気だろうか。

会社に連絡したとき、暴言を吐いて出ていった小林との一部始終を打ち明け、会社宛に脅迫めいた電話がかかるかもしれない、と伝えた。もちろん、値引きするなどとは口にしていないが、彼の都合のいいところだけを編集すれば、そう受け取られかねないことを言ってしまったかもしれない。

棗の報告を聞いた社長は怒りはしなかったが、迂闊であったことを棗に注意し、気をつけるように言った。宮田のことも話したが、社長はあまり関心がないようだった。

自分の失敗だし、最近は特に客の動向には気をつけなければならないこともわかっていた。致命的なことを口走る前に、宮田が介入してくれたから助かったが、強請《ゆす》り集《たか》りの常習犯なら大変なことになっていたかもしれない。

客の悪意と、理不尽な叱責《しっせき》。宮田の好意を理解されないのにも、なんだかすっきりしない気がする。

独立したいな——。

こういうとき、諦めていた夢がふと首をもたげる。石屋一本で暮らしていきたい。小さい頃からの夢だった。だが石屋というのは博打《ばくち》商売で、店舗を構えてやってゆくにはかなり多くの初期投資がいる。オープンしたってこの不景気に、ニッチな趣味だ。生活必須の食品業界でさえ低迷しているというのに、一生にひとつも買う必要のない石業界など、景気がいい話とはまったくご縁がなさそうだった。

数年単位で、辛抱強く在庫を抱えてゆく覚悟を持たなければならない。上手く軌道に乗ったとしても、世界各地を飛び回って発掘者を探して回らなければ、仕入れのルートを確保できない。実家が石屋などのバックボーンやコネクションがない限り、少なくとも若いうちはほとんど日本に居られないと思ったほうがいいだろう。

それに、自分がいない間に朋哉が振られてしまったら、誰が彼を慰めるのか――。

さっき聞いたラブソングが耳に残っていた。叶う当てはない恋だ。いつだって側にいることくらいしか自分にはできない。朋哉はいい奴でマメだが、だからこそ会えなくなっても棗の仕事の成功を願ってくれるだろう。そして、数年後に会う頃には「元気だった？」と友だちのように笑ってくれるのだ。

「やばい。変態かも……」

誰にも聞き咎《とが》められないことをわかっていて、雑踏の中、棗は独り言を零す。これではリカりんに変態と罵《ののし》られても仕方がない。何一つ報われなくとも、せめて朋哉の失恋の証《あかし》が欲しいと願ってしまうのだから、一般的な幸せの感覚とはかけ離れている。

夢なのはわかっていた。石屋など、趣味でやってゆくにはいいが儲からない商売だ。朋哉の側を離れることもできない。諦めるしかない。そもそも琥珀オンリーなど現実的ではないし、好きな石ほど手放さなければ、「商売」はやってゆけない。

――一番好きなことはお客がいいんだよ。

本屋でバイトをしていた同級生が言っていたことを思い出した。真理かもしれない。

朋哉に会いたいな、と何となく考えた。同時に、こんな凹《へこ》んだ精神状態で朋哉を見て、励まされる自分を実感したら、ますます依存してしまいそうで怖くなった。上手く笑えないかもしれない。朋哉に面倒だと思われるのも嫌だ。

「……」

どうにも気分が優れなくて、棗は鞄《かばん》の中からイヤホンのコードを引き出した。疲れているのだろうか、普段は平気な雑踏の雑音が、何となく目眩《めまい》を誘う。

財布の下で縺《もつ》れたコードを引っ張り出そうとしたとき、イヤホンの先端がバッグの金具に引っかかった。気づいて力を緩めたときは、ぴんと空中に弾《はじ》けたあとだ。

何かが飛んだ気がした。耳に入れる部分《イヤーピース》を見ると、ゴムのクッションが片方なくなっている。さっき飛んだのはそれだと思って、慌てて床を見るけれど、それらしきものが見当たらない。

少し広い範囲までうろうろと見て回ったが駄目だ。よほど跳ねたか、誰かのつま先に蹴《け》られて、あらぬ場所へ飛んでいったか。

「今日は駄目だ」

棗は俯《うつむ》いて呟いた。何をしても徹底的に運が悪い日はある。

こういうときは早く家に帰って、本でも読んで大人しくしておくに限る。

朋哉の近くに帰りたい。会いたくはないが、距離的に近ければ何となく落ち着く。

おまじないレベルの気休めを心に与え、改札の前でチケットを取り出そうとしたとき、ポケットの中でスマートフォンが震えた。マナーモードにしていたが、脳髄に直接振動が届いたような確信があった。

送信者の名前を目で確かめて、急いで本文を見る。

『一昨日はゴメン、メシ奢る。今日、夜ひま?』

心の声が伝わったようなタイミングだった。たったこれだけで、今日の不運が拭われる気がするから現金だ。棗は苦笑いをして、そのまま「いいよ」と三文字、画面に指を滑らせた。

「……」

送信キーに触れようとして棗は画面から指を離す。

――二時間遅れたってしかたないよな?

面倒くさそうな朋哉の声が脳裏に蘇《よみがえ》る。……やばい。三十秒だ。

変な意地があるわけではないけれど、さすがにこれは恥ずかしい。

棗はスマートフォンの画面を一旦《いったん》オフにしてポケットの中に落とした。

改札を抜けて、エレベーターを上がって、ホームに出る。自販機でお茶を買って、時計を見たがまだ十分経《た》っていない。

もう少し、と思っているところに、二通目のメールが届いた。まさか返事の催促ではないだろうと思いながら画面を見ると、とっさに理解できない言葉が並んでいる。

『今、新大阪駅だけど、何か土産いる? 駅周りで買える物限定で』

「……」

どういうことだ、と思って先ほどの三文字を消し、『今どこ? 電話していい?』と綴《つづ》り直して送信する。すぐに着信があった。メールかと思ったらコールが続く。通話だ。

応答ボタンに触れるとすぐに声がした。

――ごめん、今いい？　棗。

「うん、今どこ？」

――出張帰りで新大阪。これから新幹線で帰るんだけど、なんかいるものある？　時間ないから並ぶところ無理。たこ焼きも無理。

「あ、いや、あの……」

何で朋哉が大阪に。偶然と喜ぶには何の心の準備もできていなくて、応え倦《あぐ》ねる棗の代わりに、頭の上から新幹線の、るるるるる、と、独特な音で鳴るベル音がした。


見当違いの、遠いエスカレーターの降り口から、「よ」と手を上げられた。相変わらず朋哉は目がいい。遠くから手を振る癖も、昔と変わらないままだ。

手を振ってから近寄ってくるまでの間が持たない。じっと見つめているのも気まずいな、と思ったが何となく、朋哉の立ち姿から目を逸《そ》らせなかった。相変わらず朋哉はバランスがいい身体をしている。手足が長く等身が高い。ただ身長があるというのともちょっと違う感じだ。

コートを着ると三割増しだな、と、自分の贔屓目を少し苦く思いながら、丁度いいところまで近寄るタイミングを見計らって、棗も手を上げた。それを見た朋哉が手を上げなおす。

「棗、何やってたの？」

「内覧会」

ぼそっと単語で応えてしまう自分のクセはなかなか直らなかった。

「大阪で？　……そんな格好で？」

怪訝な顔をされるが、確かにそうだ。

「急遽代打だから。社長がこんなところの高級マンション物件買っちゃって、困ってるんだよね」

「こんなところ……って、離れすぎだろ？　管理とか、どうすんの？」

エスカレーター脇の壁に寄りかかりながら、朋哉が訊く。その隣に背中を預けながら棗は顔をしかめた。素人だってそう思うはずだ。安物買いの銭失いとはよく言ったものだ。

「だから管理しなくてよさそうな人を選んでるとこ」

そう応えて、いかにも欲の張った、ぎらぎらとした小林の目を思い出した。嫌な気分になって慌てて振り払う。ごそごそ記憶を掻き回して、手ざわりのいい気分を引っ張り出す。宮田の面影がついてきた。

「でも、お陰でいい人見つかりそうなんだ。サラリーマンで、若い人でさ」

「……へえ。どんな感じ？」

「お金持ちそうで、優しくて、頭がよさそうな人だったかな」

　このくらいは個人情報に当たらないだろう、と思いながら棗は応えた。今日唯一の救いと言えばそれだけだった。少なくとも家賃を滞納するタイプに見えない。

「あのマンション、決めてくれそうでよかった」

「そうか」

　朋哉の返事のあと、長めの沈黙が生まれた。向かいのホームから発車の電子音が聞こえる。殺風景な新幹線のホームのあちこちで、発車音が代わる代わるに鳴り、機械的な女性の声のアナウンスが聞こえている。

　線路の一番果てを眺める。陽炎《かげろう》の揺らめく高架線の隙間から生まれてきたように、急速に現れる白い車体がホームに滑りこんできた。多分これだ。

「――のぞみの顔ってカモノハシっぽくない?」

　壁を離れる朋哉に言われて、平たいクチバシのようなN700系のぞみの先頭部分を見る。確かに、と笑いながら自由席の列の、四番目に並んだ。

「朋哉は自由席?」

「いや、指定あるけど、棗は?」

「俺は自由席」

　早割にも間に合わなかったし、内覧会のために指定席を取ってくれるほど不動産業界の景気はよくない。

「じゃあ、自由席が空いてたらそっちに二人で座ろう。空いてなかったら二人で座れる指定席を車掌に尋ねてみるっていうのでいい？」

「いいよ」

「土産の代わりに指定席代、奢るから」

「いらないって」

有名な肉まん屋の前から電話をかけてきたらしいが、棗が新大阪駅にいるのがわかったからそのまま改札に向かったという。棗は手ぶらで帰るつもりだったから、申し訳ない気がしていた。当然指定席料金を奢られる謂《い》われもない。

「あ。わりと空いてるかも」

目の前をすぎてゆく車窓を見ながら、朋哉が言う。空き席が目立つ。

平日日中だ。夕方前はこんな感じの混《こ》み具合かもしれない。

車内に入って、車両を見回す。乗客はまばらだ。二つ並んで空いた席はいくつもあって、その一つを選んだ。

朋哉の手提げかばんと、棗のショルダーを頭上の棚に入れる。朋哉は一緒にサマーコートも押し込んだ。

「スーツ脱がないの？」

「クーラー効きすぎてない？」

「まあ」

スーツ姿の朋哉の隣に、私服の棗が座るといつも何となく違和感がある。宮田の隣でも似たような気分になったな、と、棗は少し苦く思い出した。だが自由を選んだのは棗だ。職場の不安定さを嘆いても仕方がない。

朋哉が窓側、棗は隣に座る。程なく新幹線は滑り出した。

飲み物を買うとか買わないとかいう話を少しした後、抑えた声で朋哉が切り出した。

「一昨日は、ゴメン」

「いや。眠れた？」

半分聞き流す感じで棗は囁《ささや》き返す。朋哉は、失恋をすると大きく凹むタイプだ。

「全然」

朋哉の言葉より、紫がかるくらいの濃い隈《くま》が証明していた。

仕事前なら「その隈、どうにかしたほうがいい」と言ってやりたくなりそうな酷《ひど》さだ。帰りだから黙っていることにした。

これまでの経験からすると、一週間くらいは沈んで元気がないだろう。だがそれ以上は長く引きずったこともないから、特に心配もしていない。この週末までフォローしてやれば、何とか元気を取り戻すだろう。

朋哉は隣で、肩が揺れるようなため息を吐いた。

「あれからツいてないんだ。試験も近いって言うのに、ぜんぜん集中できない……」

ぼやきなのか独り言なのか。横目で朋哉を窺うと、朋哉は眠たそうな目をしている。小さな瞬き《まばた》を何度も繰り返していた。

ほんとうに眠れていないんだな、と思いながら「そう」と棗は応えた。失恋で凹んだ人間にアドバイスをしたって意味がない。朋哉は素直な声で「うん」と言った。いちいち頷くところが子どもっぽい。

「あのさ」というから、「何」と応えた。寂しそうに朋哉は小さな声で言った。

「時間取れたら、また温泉行こうな、棗。飯も食おうよ。最近、行ってないよな」

「そうだな。彼女いたから」

彼女の手前、誘われたって断るのが礼儀だ。もしくは棗が一人にならないように、さらに別のひとりを誘うべきだった。しかしそんな旅行はこっちからお断りだ。朋哉は暇つぶしかもしれないが、なにしろ自分は疚《やま》しいのだ。そのくらいのプライドはある。

朋哉は希望なのか想像なのか分からないようなことを呟く。

「夏になったら花火もしてさ。お祭りに行って、バーベキューとかやろう」

「二人で？」

「うん」

後ろの席には中年夫婦らしき二人が座っている。男二人でこんなことを囁き合っているのを聞かれたら誤解されるんじゃないだろうかと思いながら、具体的ではない朋哉の約束を聞いているのは嬉しかった。

「蝶子《ちょうこ》が教えてくれたイタ飯屋。今度連れてく。棗も気に入ると思う」

「期待しとくよ」

蝶子というのは別れた彼女だ。未練がないから平気でそんなことを言うのか、今もどっぷり未練があってひとときも忘れられないのか。

後者だろうな、と思いながら、黙って聞いていると、朋哉は相変わらずぼんやりした声に、苦みを混ぜた。

「アイツさ、恋人つなぎがしたかったんだって。街中で言われて『あとで』って言ったら腹立てちゃうような人でさ」

二時間待ちのメールの前にも、予兆はあったんじゃん、と思うと鈍いというか憐れというか。言いにくい考えを、できるだけ優しく言葉にしようと努力する棗の隣で、朋哉は自分の両手を前に差し出し、両手同士を組み合わせた。理不尽そうなため息をつく。

「やりたいなら自分一人でやればいいじゃんって思わない？　何か、意味あるのかなあ」

「……さあ」

お前にはなさそうだな、と言うと、説明をしなければならなくなるから棗は聞き流す。

朋哉のきれいな形の手。学生の頃は手のひらに、竹刀《しない》を握るマメがあってよく触らせてもらった。今は指の長さときれいな爪《つめ》が目立つ。

組み合わせた朋哉の手のひら、指、体温。朋哉にはまったく価値がないことかもしれないが、自分はそれが欲しくてたまらない。彼の片手と繋ぎたい。ささやかで近しい体温を感じられたらどれほど幸せだろう。それがどれだけ自分にとって、ハードルが高いことなのか、彼は知らないのだと思うと、何だか悲しくなってくる。

「確かにくだらないよね」

朋哉の前ではそういうしかなかった。それを欲している人がここにいるんだけどな。と言う言葉も当然呑み込む。半分は強がりだった。

「でも女の子は、そういうのが好きなんじゃない？」

「そうかな」

それ以上、朋哉からのコメントはなかった。

静かな新幹線の中で、特別急ぐ話もなかったから、棗は鞄の中から、小さな黒いビニールのパックを取り出した。元々は電子辞書のケースだ。衝撃吸収材が入っているから、石を運ぶときに使う。

黒いケースのジップを開けると、中から白いエアクッションが出てくる。それを開くと中は琥珀だ。さっき買い付けた石だ。店頭のライトの下で眺めたが、自然光ではどうだろう。

棗が、琥珀を窓に翳《かざ》すと、朋哉も一緒になって覗き込んでくる。

「睡蓮《すいれん》の葉っぱに見える」

「アタリ。ほんとに『睡蓮』って言うんだ。クロム鉄鋼が入ってるとこうなる」

琥珀の中に、薄い円形の不純物が何枚か浮かんでいる。琥珀は木から流れる樹脂だから、虫の他にも含有物が多い。これはアリゾナでよくとれる「睡蓮」と呼ばれる独特の模様で、樹脂の中にクロム鉄鋼を含むと、それが睡蓮のような薄く放射状の筋が入った丸い皿のような模様になる。

「何かに見立てて遊ぶのが、石のメジャーな遊び方のひとつだから、朋哉のイメージはとてもいいと思う」

ヨーロッパ王侯貴族の間で、石の文様を風物に見立てる「ガマエ」という文化が流行したことがある。有名なのは大理石だ。キリストの顔が浮かんだ石などは時々歴史雑誌などで見かける。日本にもある「見立て」という文化だ。床の間に石を飾る水石とか日本の庭と同じだ。白砂が川。盛り砂が山。自然の中に偶像を探して拠り所にしようとする。

琥珀もそうだ。自分は今も、あの日の夕日を探している——。

「棗、疲れてる?」

何となく黙ってしまったままでいたら、朋哉に訊かれた。

「うん。まあ」

いつも返事が短くて曖昧《あいまい》になるのはよくないな、と思うけれど、できるだけ感情が見えないよう気をつけながら喋るくせがついてしまったのだから仕方がない。

喋る努力を続ける気力が、今日は棗の中にも見当たらなかった。宮田が助けてくれて、会社とも何とか折り合いがつき、こうして朋哉と一緒に帰れることになったのに、どうしても小林が何か言い出すのではないかと、思い出して仕方がない。

黙って座っていると、朋哉はいよいよ眠気が差したように袖で目を擦った。スーツのポケットからごそごそとスマートフォンとイヤホンを取り出す。

「かえっこする?」

朋哉が薄い音楽プレイヤーを差し出してくる。大学生の頃は時々プレイヤー自体を交換して、互いの趣味を聴かせ合ったものだ。

「いや、いい。さっきイヤホン壊しちゃって」

と言って、琥珀を仕舞うついでに、イヤープラグが取れたイヤホンの先を朋哉に見せた。

「駅で取り出そうとしたら、ゴムが飛んじゃって見つからない。家に帰れば、替えはあるけど」

朋哉は「相変わらずそそっかしいな」と眉をひそめ、指先でプレイヤーのあちこちを撫《な》でた。先の縺れたイヤホンコードをほどいたあと、片方を差し出してくる。

「片方使う?」

「……うん」

別に音楽は聴きたくないが、朋哉が最近何を聴いているのかは気になる。これもコレクションだと思い、素直にイヤホンを受け取った。

先端を耳に入れていると、朋哉がスマートフォンにアラームをかけた。「音量いい？」と訊かれて頷く。少し控えめで耳は痛くない。

朋哉の好む音楽は、良くも悪くも王道だ。そのかわり、手広くカバーしているイメージだった。ドラマ主題歌からＣＭ、映画の主題歌。さわりを聴いたことがあるが、何という曲か知らないものばかりだ。よく探せるなと感心しながら、朋哉の隣で目を閉じる。棗のプレイヤーの中は最近ハウス系が多い。主に夜中、石の選定作業のときに使うから、低音の利いたラップなどが集中できるイメージだった。

サッカーのテーマ曲が終わり、映画の主題歌が流れる。その次は昨シーズンのドラマの主題歌だ。

これを見ていた頃、朋哉は彼女に夢中で、ドラマの放映中、一度も会わなかったと棗は記憶している。

棗がうとうと聴いていると、女性ボーカルのラブソングが聞こえはじめた。よほど流行《はや》っているのだろう。さっき内覧会のときに聞こえてきた曲だった。

「……」

五分の辛抱だと思ったが、小林のことを思い出してしまって気分が曇った。聴きたくない。我慢するか耳からイヤホンを抜くか、しばらく悩んだが、棗の恋心が「せっかくのコレクションだ」と訴えてくるから棗は耐えた。

甘い女性ボーカルだ。サビの部分はよく耳にするが、初めからちゃんと聴くのは初めてだった。嬉しいときも悲しいときも、そばにいるという歌だが、やはり恋愛対象前提だ。シンパシーを覚えそうになった分、絶対に恋が叶わない自分の方が下位だと気づいて、さらに悲しくなる。

「……あの、朋哉……」

この曲飛ばして、と言おうとして隣を見ると、朋哉は目を閉じていた。呼吸はすでに夢の中だ。

目を閉じると余計隈が目立つ。起こすのもかわいそうだ。我慢するしかないと思ったが、曲はようやくワンコーラス終わったところだった。残りワンコーラス＋サビにcメロまであるかもしれないと思うと耐えかねた。

目でイヤホンのコードを辿り、終わりが胸ポケットの中に続いているのを発見する。早送りボタンを一度押すだけだ。わざわざ起こすほどもない。

スーツの襟の中に手を入れた。ワイシャツの胸ポケットだと思ったが、胸を撫でてみるとコードがない。プレイヤーだと思っていた膨らみは名刺入れのようだ。

どこだ、と、思いながら、スーツの内側のポケットを探す。

「……」

心臓の鼓動が指先に触れるのに棗ははっとした。しっかりした感触に指が吸い着けられる感じがした。いかにも強そうな拍動の震えに感心しながら、朋哉の懐をそろそろとまさぐる。朋哉の体温が布越しにある。一時期変えていた香水を元に戻したようだ。

「……」

ふと視線を上げると、虚《うつ》ろな目の朋哉が、自分を見下ろしていた。視線が合う。点火したように頭がぼっと熱くなった。動転した胸の中から、慌てて言葉を探し出す。

「ご、ゴメン、寝てたから……」

「何……?」

掠れた声が訊く。

「いや。あの、音、止めていい?」

「……ああ、いいよ」

寝ぼけた様子の朋哉はぼんやりそう応えて、胸の前にある棗の髪を緩く掻き回した。

「朋哉……?」

そのまま片手で棗の頭を抱え、自分の胸に押しつけて、またすうすうと寝息を立てはじめる。

「え……と……」

頬に朋哉の鼓動が伝わる。耳を押し当てているせいかものすごく大きく聞こえて、自分の鼓動と重なり、訳が分からなくなる。耳からは相変わらず、甘ったるいラブソングが流れていた。「側にいるよ、あなたが私に気づくまで」と歌声は繰り返す。

朋哉の手をそっとはがして身体を起こす前に、三回呼吸をする間だけと決めて、朋哉の鼓動を頬と耳で堪能《たんのう》した。

「……っ……」

何と言うか、恋は残酷だ。

こんなに人がいて穏やかな車内で、こんなに静かに自分が殺されそうになっていても誰も、助けの手を差し伸べてはくれない。


改札を出て、駅の丼屋に入った。朋哉も昼食を取っていないということだ。

昼食にしては遅すぎ、夕飯にしては早い時間だった。軽めに食べて、夕飯は何か摘むくらいにしようということになった。値段が手頃なチェーン店だ。朋哉は豚の炙り焼き丼と、自分は鳥の照り焼き丼を食べた。コゲのある地鶏に弾力のある生卵の黄身が旨い。

店を出ると、時刻は早めの夕暮れに差しかかっていた。駅地下に降りて、デリでつまみになるような総菜を買う。

パンのコーナーの横を通り過ぎるとき、何となく今がきっかけのような気がして、棗は隣を歩く朋哉に話しかけた、

「さっき、携帯プレイヤー、勝手に触ってごめん」

「何が？」

眠りかけていて覚えていないのだろうか。やぶ蛇《へび》だったかなと思いながら、もうこの際すっきりしてしまいたくて棗は続ける。

「曲を飛ばしたくてプレイヤー触ろうとしたときに起こしちゃったみたいで」

「そう？　別に好きにしていいよ。嫌いな曲入ってた？」

棗の言い訳の混じったフォローに、朋哉は呑気《のんき》な返事をした。

「いや、次の曲何かなって思っただけ」

上手く話題が逸れたと思いながら、エスカレーター前の人だまりの一番最後に並ぶ。

「なあ、帰り、そっち寄っていい？　棗」

昇りエスカレーターに踏み込んだとき、後ろから朋哉が言った。朋哉の方が一段低くても、目の高さが同じくらいなのが相変わらず腹立たしい。

「うん。いいよ、坂上るの面倒くさいから」

棗の家の方が駅から近い。しかも朋哉のアパートは坂の上だ。早く落ち着きたいし、棗に

到っては坂を往復することになる。

「でも帰ってちょっと仕事するかも。いい？」

「棗、忙しいのか。今日も大阪行ってたし」

「いや、今日買った琥珀を早く見たいだけ」

「新幹線の中で見てたヤツ？」

「そう」と応えて棗はため息をついた。

「思ったほどよくなくて、ちゃんとルーペで見たいんだ」

「見た感じ、キレイだったのにな」

「まあ、ぱっと見はね。もう一つのほうも博打っぽい」

目の前を、百貨店の、秋の宝石フェアのポスターが流れて行くのを見ながら棗は応えた。

精密にカットされて、女優の肌を飾るアクセサリーには、棗はあまり興味がない。色も形もすべて均等が最上とされる宝飾より、自然石の、大地から生み出されるグラデーションやアンバランスさを棗は愛している。

「石に博打なんてあるのか」

「さすがに偽物に引っかかるってことはあんまりないんだけどね。原石は割ったり研磨してみないと、本当の価値がわかんないってのがあるし、琥珀もよく見てみないとわかんないんだよ。よく見るとぜんぜん駄目だったり、びっくりするほどよかったりすることもある」

「眺めるの？」

「基本はそうだけど、他に紫外線を当ててみたり、熱した針でつついてみたり、まあ色々」

そこまで喋ったところで、エスカレーターが終わる。

見慣れた駅の白い蛍光灯の下をくぐり、駅の外に出ると、色あせた太陽が霞《かす》んだ空を広げていた。

「夕焼けになりそうだな」

遠い空を見渡しながら、隣で朋哉が呟いた。

「飯、まだいいよね？　俺、琥珀の始末してくるから本とか読んでて」

棗の部屋に到着し、居間に通す。朋哉なら放っておいても大丈夫だ。勝手知ったる棗の部屋だった。

通り道でペットボトルのお茶を買った。ペリドットのブレスレットは抽斗に保管済み。抜かりはないはずだ。

棗は居間に朋哉を残して、仕事部屋に向かった。

バッグの中の琥珀を取り出し、抽斗の中から水銀石英灯《ミネラライト》を取り出した。

睡蓮のほうに紫外線を当てると表面が青く光った。ということは研磨したばかりの若い琥珀だ。掘りたてと見せかけて、掘りたてに見える形に切り出して磨いたものだろう。偽物ではないが、限りなく価値のないものに近い。

もう一つのほうは微《かす》かに青い。本物の琥珀のようだが色がよくない。石の向こうどころか中心が見えないくらい、白っぽく濁っている。

ルーペを取り出し眺めていると、居間のほうから声がした。

「なあ。週刊ダイヤモンドまだ買ってる？」

「いや、最近買ってない」

「駅で買ったのあるけど読む？　トレンド見せて？」

「じゃあ交換で頼む。持って帰っていいよ。ビール、先に呑むならグラスと皿、出しといて」

大きめの声で受け答えをして、薄い上着をハンガーにかける。一応仕事だったから、中は地味目のTシャツだ。

琥珀をしまって棗が居間に戻ると、ワイシャツの襟元を開けた姿の朋哉が、ローテーブルの上に総菜屋のパックからサラダやエビのグリルを広げているところだった。棗は冷蔵庫から発泡酒を二本出してきて、テレビのリモコンを拾い上げた。ナイター中継が放映されている。朋哉は巨人ファンだ。棗が日本ハムファンであることは、長い間秘密になっている。

試合は中盤。シーズンはじめの淡々とした試合だ。酒の肴《さかな》にぴったりだった。

「茄子《なす》の焼きびたし、旨いね。飯が欲しくなる」

取り分け皿に摘みながら朋哉が言う。

「冷凍ならあるけどチンする？」

「いやいい。ビール飲めなくなるから」

「そうだな。俺もライスボールがあるからいいや」

チーズとエビをご飯と丸めてフライにしたものだ。ポン酢で食べるとビールを誘う。

「お。打った」

朋哉が呟く。

足を投げ出し、マスコットキャラクターが踊る中継を、見るともなく眺めながらちびちびビールを飲む。テーブルに出した琥珀の箸置きを指先でつついて朋哉は棗を見た。

「棗、ほんとうに琥珀好きだよな。これ本物？」

「一応。石自体は売れないような品物だけど、細工をしたら可愛いんだよ」

ヒビが入って不純物が多く、色も悪いクズ琥珀だ。だが琥珀は熱で練ることができ、軟らかいから彫刻もできる。手先が器用な石屋の店主が戯れに炙って溶接し、テーブルにウイスキーを零したような感じに形を作って、棗にくれたものだ。マーブルに混ざり合ったふたつの石色がいい味を出している。石屋から見れば燃えないごみで、マニアが見れば苦笑いの紛《まが》い物だが、棗はとても気に入っている。

「ふうん。でも他にいっぱい鉱石あるのに、何で琥珀なの？　どこが特別？」

お前のせいだろ馬鹿。と言いたいのを棗は堪えた。

「何となく」

「今日は、いい琥珀買えなかったって言ってたよね？」

「ん。バイヤー二軒しか回れなかったしね。新しい入荷もなかったし。仕事のついでだから仕方がないけど」

「仕入れのついでに、じゃなくて？」

「失礼な。ちゃんと仕事してるよ。言っとくけどな、大阪にいたのは、たまたまだ。石買いたいから仕事さぼって大阪に行ったわけじゃないぞ？」

「怪しい」

「そんなに熱心に石屋をやれるもんならやりたいよ」

鑑定や加工のために睡眠時間を削り、ミネラルショーという石の展示即売会に行くために、食費まで切り詰める生活だ。不動産屋は受け身の商売だが、さすがにそこまで自由ではない。

棗の背後でテレビがわっと歓声を上げた。解説者が興奮した声を出している。

「……引っ越したいな。せめて琥珀の加工ができるとこ」

盛り上がった音声に紛らせるように、テーブルに肘をつきながら棗はボヤいた。

「仕事も、できれば変えたい」

どこの職場に行ったって嫌なことはあるが、できれば客と直接会わずに物を売りたい。甘えた考えなのは分かっているが、たまにこういう波が押し寄せてくる。

「なんか元気ないな」

「まあ、今日、変なお客に当たっちゃって。いい人もいたからそれで帳消しだけど」

「若い人って言ってた人？」

「うん、それ。俺たちと年齢同じくらいで、お金持ちそうな色男。大きい会社にお勤めで、スーツとかコートが似合う人でさ。優しいんだよ。女の子になら分かるけど、俺にまで」

「男が優しいって、なんか気持ち悪くない？」

朋哉が訝《いぶか》しげな顔で言う。ただ「優しい」とだけ聞けば、そう取られても仕方がない。なよなよしたり、いやらしいわけではない。宮田のちょっと特別なスマートさは、棗の言葉では上手く伝えられそうにない。

「いや、変なイミじゃない。紳士的って言うか、エスコート上手っていうか……」

棗が少しでも近い言葉を探っていると、キッチンでタイマーのアラームが鳴りはじめた。

「ちょっと、テレビ見てて」

食べかけの箸を置き、棗は、テーブルの足元に置いていた、布の包みを手にして立ち上がった。

冷蔵庫の横に貼り付けたタイマーのアラームを止め、ＩＨの天ぷら油の油温を確かめる。さてどうだろう。品物価値はこれで最終決定だ。

食器棚から網じゃくしを取り出し、棗は真剣な表情で油面を見つめる。手のひらの上で布のつつみを開いていると、急に背中から抱きつかれた。

「ひ！」

思わず手にしていた包みの中味を取り落としそうになって、棗は慌てて握りしめた。

「危ないだろ、朋哉！」

酔っているのだろうかと思いながら、首だけで振り返って叱る。

「——何やってんの？」

肩に顎《あご》を乗せたまま、朋哉が棗の手の中を覗き込んだ。唇が耳に触れそうな場所で喋られて、ぞくぞくするのを堪えながら、棗は声を搾り出す。

「琥珀の鑑定。油使ってるから危ねえよ。ひっつくなよ」

「天ぷら鍋で？」

と訊くときも、顎は肩に乗せたままだ。

「そう」

体勢が楽なのか、朋哉の体重が徐々に背中にかかってくる。朋哉の呼吸が鼓膜に触れそうだ。酒で早くなった鼓動が棗の背中に伝わってくる。体温とか首筋に触れる短い髭に反応して、棗の心臓も大きな音を立てていた。誤解じゃないが誤解されそうで恐い。棗は頑張って邪険な声を出す。

「五分もかからないから、向こういって座ってろよ。用事なら離れて言え」

朋哉は酔いはじめると、スキンシップ過多だ。酔って手を繋いだり肩を組んだり、男でも女でも無邪気に人なつっこい。スキンシップのつもりが何となく触りすぎて、行きがかり上付き合わなければならなくなった女もいる。責任は男が取ると決まっているのに、自ら飢えた肉食獣の檻《おり》に飛び込むような馬鹿だ。

「ビール回ってきた。今晩、泊めて」

「駄目。家はすぐ坂の上だろ？　ビール三本くらい、歩いてる間に丁度いいくらい醒めるよ」

「歩きたくないんだよ。帰るの面倒くさい」

「だめ」

「なんで？　前は泊まってただろ。ワイシャツも置いたまんまのがあるはずだ」

「あとで出してきてやるから、それ持って帰れ。休んでくのはいいけど、最近、一人じゃないと眠れないんだ」

このままだらだら酒を呑んで、何でも喋ってしまえそうな空気ができてしまったら、うっかり何かを口走ってしまいそうなくらいには、自分は朋哉が好きだ。それに、もしも万が一にも、自分が眠っている間にあの抽斗を見られたら困る。鍵をかけていなくても朋哉は人の部屋を勝手に漁《あさ》ったりする人間ではない。だがミスは想定していない場所で起こるからミスというのだ。他にも棗は、俗にいうエロ本を所持している。冊数は普通、もしくは平均以下で、内容も制服系でもストッキングとかＳＭでもなく到って普通だが、被写体がオール男だ。

見つかるわけにはいかないし、今からごそごそ隠すのも不自然だ。

「棗、そんなデリケートだったっけ？　それか俺、何か棗に嫌われるようなことした？　いびき掻いた？　それとも彼女来るの？　俺邪魔？」

「アホか。言っただろ。眠れないだけ」

できるだけ冷たい声で答えて、棗は手にしていた布を開いた。中から大きなビー玉くらいの楕円形《だえん》の玉が出てくる。

「離せ。弾けたらマジ危ないから」

大きなヒビや気泡がないのは確認したし、温度も適正だが、突然油の中で弾け割れて大怪我をする可能性がある。

ゆるく朋哉を振りほどき、棗は油面のすぐ上にかまえた網じゃくしの上に、そっとその玉を乗せる。鍋底に落とさないように、慎重に網じゃくしを沈めた。

あらかじめセットしたタイマーを押す。加熱しすぎるとダメージを与えてしまう、加熱したりないとやりなおしが難しい。

「……何やってんの」

少し身を引きながら注意深く天ぷら鍋を見つめる棗に、朋哉が訊いた。そういえば、研磨は見せたことがあるが、これは初めてかもしれない。

「琥珀の油揚げ」

「琥珀、食えるの？」

「粉にして漢方薬にする人はいるけど、三万円もした琥珀を朋哉に食わせるほど、うちの経済事情は良くないんで」

「なんに効くの？」

「安定剤とか腎臓肝臓系だって。基本、松とかスギの樹脂だから飲んでも大丈夫だと思う。効くかどうかは知らないけど」

「石になったんじゃないんだ」

「うん。琥珀って虎の石っていう意味だけど、虎の化石でもないよ」

専門的に言うなら、経年した樹脂が色んな成分を失いつつ地中で硬化する一方で、テルペンと呼ばれる環状の炭化水素の重合が進んで完全に不活性化したものだ。カルシウムの石化とはまた違って、植物とか生物っぽい過程を経て、生きものの営みを停止してしまったものだ。生と死の境が曖昧な化石。そこも人間の心によく似ていて棗を切なく惹《ひ》きつける。

網を鍋底まで沈め、取っ手を天ぷら鍋の縁にかけて安定させる。ここまでくれば一安心だと思って、棗は琥珀を見たまま、朋哉に言った。

「中に小さい気泡が入っていると琥珀が濁るんだ。大体が水分だから、こうして蒸発させてやると透きとおる」

ずいぶん濁った琥珀だったが、棗は気泡のせいだと踏んだ。これで駄目なら一万円の価値もない。

「溶けないの?」

「樹脂だけど、化石だからね。偽物とか、琥珀になる前の若い樹脂は溶けるよ。本物でも二九〇度まで上げると、火がついて燃えるけど」

「ふうん。それより、泊めて、棗」

「だめ」

酔っているにしてもしつこいなと思いながら、棗は突っぱねる。

朋哉は棗の後ろに立ち尽くしたまま、耳の近くで呟いた。

「――……寂しいんだよ」

だから朋哉は恋を繰り返すのだろうか。

気持ちはわかるが、自分はさらに寂しい。泊めることなどできず、寂しい理由を問いただしてもなお寂しくなりそうだったから、棗は無視して天ぷら鍋の中を見つめ続けた。

朋哉はほんとうに酔っていたのか、琥珀の結果を見ずにテーブルのほうに戻ってしまった。寝不足にアルコールだ。酔いやすくても仕方がない。棗は琥珀に集中することにした。網を引き上げ、用意したバーミキュライトの上で琥珀が冷めるのを待つ。

振り返ると、とうとうテーブルの前で横たわった朋哉の姿が見えた。一眠りしたら酔いが醒めるかもしれない。たかがビール三本だ。朋哉にしてはぜんぜん駄目だな、と、彼の失恋のダメージを思うと、自分まで悲しくなってくる。

あんな風に、人恋しい様子で無邪気にじゃれられると、不意に朋哉に打ち明けたい、発作じみた衝動を覚えてしまう。お前が好きだと、伝えたくなる。伝えてみたって悪いことしか起こらないのは分かっている。失う物は限りなく、得られる物は朋哉の侮蔑《ぶべつ》と嫌悪のみだ。口にするような馬鹿はしないが、不意に我慢を投げ出したくなる一瞬がある。だがそれを堪えられているから、今も自分が自分であり続けられることを、棗はよく理解していた。

小さい頃から人見知りで、年を経るに従って、ひと目を避けることに腐心するようになってしまった。臆病《おくびょう》ではないが、積極的にはなれない棗の性格は、幼い頃から変わっていない。無口、冷めている、愛想なし、母に到っては「前世で何かあったのかしら。この子ったら厭世《えんせい》的で」とため息を吐かれ、友人からは「棗くんってばいつもテンション低い」と評されるのが常だ。

棗自身は、感情を表に出すのが得意ではないだけで、特に斜に構えているつもりはない。だが、他人にそんなふうに思われる態度を取るようになったきっかけに棗は思い当たる出来事があった。

小学校三年生のとき、紙を食べる同級生がいた。教科書の端を小さくちぎって食べるのだ。一度の間違いと言いつくろえないほどで、ほとんどの教科書の端が何ページもちぎられ、口に入れる場面を何人ものクラスメートに見られていた。ちぎったページは本人が食べたのだろうと考えるのが自然だった。

棗も目撃したことがある。驚きはしたが、ヤギが食べるぐらいなのだから、人間が食べても死んだりしないだろうと思うし、それについて本人に何か言うほど、棗は社交的ではなかった。しかし案の定、それを見とがめたクラスの男子が大声で囃《はや》したてた。それ以降、彼の渾名《あだな》はヤギになり、からかわれ続けて休みはじめて、学年全部を巻き込んでの大騒動となった。

腹が減っていたのか、紙の味が好きだったのかはよくわからないが、棗にとっては些細なことにしか思えなかったのに、とんでもなく恥ずかしいことのように言われていた。騒いだクラスメートが注意されるのは当然だったが、見て見ぬふりをしなければならない禁忌のようにいい諭されていたことの方がなぜか棗には衝撃的だった。とにかく他人と違うことをするとこうなるのだと、幼い棗の心に刻み込まれたのはたしかだ。

中学校に上がり、自分が男性が好きなのだと自覚したとき、激しい動揺と共に思い出したのが、その出来事だ。

男が好きなんて、紙を食べるどころの騒ぎじゃない。考えるまでもなく、棗の中で、一生、絶対誰にも打ち明けられないこととして、決まった瞬間だった。

馬鹿にされたら跳ね返せる精神力はないし、責任や注目を負ってみせるタフさもない。一人で過ごしてゆくほど賢くない自覚もあって、集団の一番隅にいて、そっと所属することに全勢力を注いできた。

転ばぬ先の杖《つえ》、勝って兜《かぶと》の緒を締めよ。というのが、棗の座右の銘だ。起こりえないことの言い訳まで考えておく、二の轍《てつ》は踏まない。現時点で上手く自分の性的指向や気持ちを隠せていると思うなら、さらに気を引き締めて、隠していかなければならない。そう自分に言い聞かせながら育ってみたら、常にやや仏頂面で言葉少なな自分が育ってしまった。

中学時代、同級生に、憧れるばかりの恋をして黙ったまま、高校受験と共に恋は終わった。高校の頃も好きな人がいて、やはり打ち明けられないまま卒業を迎えた。

そんなもんだろう、と思っていた。誰にも知られないまま、数年単位でぼんやりした片恋を繰り返し、また環境の波に乗って当たり障りなく引き離される。あたたかく切ない日々を季節が巡るがままに見送る。そんな肌寒い感触をした自分の恋愛観を見出《みいだ》していた棗は、その頃まだ、腐れ縁というものが存在することに気がつかなかった。

腐れ縁の相手に恋をすると、自動的な終わりは来ない。自ら終わらせようにも、そもそも始まっていないのだから終わらせようもない。だからといって別れるためだけに、一方的に好きだと宣言するのは、自虐を越えて相手に素晴らしい迷惑だ。朋哉と離れるためだけに、朋哉に暴言を吐き暴力を振るってみる、というのも意味がわからない。

朋哉がもしも、どうしても性格の合わない非常識で嫌な男なら、自分のためにやったかもしれないが、普通よりちょっとハイクォリティ、素直で明るくて人なつっこくて優しい男だ。恋愛対象ということを除いても、友人として彼をなくすのは嫌だった。

結局、片恋独特の、相手の言動で一喜一憂して、優しくされたらきゅんとして、彼女ができたら落ち込んで、彼が恋人と別れたら、喜ぶと同時に自己嫌悪に陥る、片想いの見本のような生活を続けている。

そんな終わりのない気持ちを集め始めて、早六年。立派な片想いマニアになってしまった。もはや乙女チックとは言いがたい、どこか枯れたわびさびの効いた趣味のような気さえし始める、自分のコレクション行動にうんざりしたあと、棗は油を被《かぶ》ってキラキラに光っている琥珀に手を伸ばした。

急な温度差を当てないよう、専用のミトンを填めて琥珀を摘まみ、シンクの上の蛍光灯に翳してみる。

「んー……厳しいな」

澄むには澄んだが、意味のない含有物が多い。見た目に美しいスパングル《キラキラするもの》ならアクセサリー的な価値があるが、埃《ほこり》とか灰のようなものが、まんべんなく琥珀を濁らせている。色も、人気がありそうな典型的な琥珀色とはほど遠い、赤黒く濁った色だ。

三万円で買った琥珀だった。棗の見立てるところでは、売値は、研磨して加工して三万円、というところか。足代と工賃を含めると赤字だ。

残念な結果だ。せめて朋哉に、買いっぱなしの琥珀を加工すると、全然違う煌めきを表わすところを見せてやりたかったが、思うようには行かないようだ。それでも澄むには澄んだから、朋哉は見るだろうか、と思いながらまだ熱い琥珀を耐熱の布に包んで、棗はテーブルに向かう。どちらにしても、そろそろ起きてもらわなければならない。

面倒くさいな、と思いながらリビングに向かうと、てっきりひっくり返っているだろうと思っていた朋哉が、テーブルの前に片膝を立てて座り込んでいる。部屋に踏み込んでもこちらを見ない。

「……どしたの?」

なにも言わない朋哉の側に行って、琥珀を包んだ布を差し出しながら、棗は言った。

「できたよ。見る? あんまり綺麗《きれい》にならなかったけど、透きとおりかたは全然違うから」

空気で白っぽく濁っていた石が、琥珀そのものの色になるだけでも楽しいだろうと呼びかけてみると、朋哉はぼんやり床を見たまま呟いた。

「……そうだ。あのさ」

「なに」

「カノジョ作ろうと思う。悩んでたけど」

脈絡のない切り出し方に、棗はとっさに返事を見つけられない。意味がわからないし、棗の話も無視だ。そのまま朋哉は黙ってしまったから、棗が口を利くしかなかった。

「振られたばっかりって言ってたじゃん」

怒りや悲しみに届かない、戸惑いばかりが棗の中にある。問いかける声音も、訊くというより、憂鬱なだけの音になった。電車の中では「振られた傷が痛くて眠れない」と言っていた。ペリドットのブレスレットも棗の手元に来たばかりで、まだあの抽斗《ひきだし》に馴染《なじ》まない。それなのにもう新しい彼女を作ると言われたって、手放しでは喜べない。

「うん。振られて凹んでたら、今日、大阪に行く前に、ウチの女の子に告られたんだ。昨日の昼休みに、振られたってうっかり打ち明けたら、慰めてくれた子でさ。朝、出がけに言われたんだよ。ずっと俺が好きだったんだって。付き合ってほしい、って言われたんだけど」

「朋哉はそういうのでいいんだ？　半分同情とか、流れの雰囲気っぽくないか？」

経緯は分かるが納得できない。差し伸べられた手に縋《すが》りたいのは当たり前だ。だが失恋は昨日今日の話だ。恋愛をあまりにも簡単に考えすぎていやしないか。

弱っていたら、誰だって優しい人に甘えたいのよくわかるが……、と思ったとき、整ったスーツの面影が棗の脳裏を過《よぎ》った。さりげなく、だが自分を守ろうと手を翳《かざ》してくれる人。充電器を握った彼の手の形までをなぜかはっきり思い出した。必要のない後ろめたさが湧くが、棗はそれを振り払った。朋哉は言い訳のように、ぐだぐだした声で、新しい恋を受け入れようと考えた理由を重ねる。

「うん。前の彼女のことを、すっごく怒ってくれてさ。『私ならそんなこと言わない』って」

「はあ……」

朋哉は案外、草食動物系男子なのかもしれない。草食系ではない。本人が何を食べるにかかわらず、肉食系にいいように狩られる穴熊とかガゼルとかウサギとかそういう生きものだ。

「朋哉はどうなんだ？　彼女はお前を好きかもしれないけど、お前は、今まで彼女のことを、好きだと思ったことはあるのかよ」

朋哉の口ぶりではなさそうだった。ともすれば、あまりよく知らない人のような雰囲気だ。

「そうだな……。昨日までは、三年ぐらい同じところで働いてるけど、そうでもなかったって言うか」

「同期かよ」

それで芽生えなかった恋心が、今さら突然芽生えたというのはなおさら納得できない。彼女の片想いについては想像に難くないが、朋哉のほうは無理だ。長い年月をかけてじわじわとほだされたというなら、蝶子という昨日までの彼女のほうがかわいそうだ。

理解できない棗を、朋哉は他人を見るような目で見たあと、諭すような口調で話しはじめる。

「でも、人生で一番悪いところで出会った人との方が上手く行くかもしれないと思わないか？　見栄張って頑張ってる俺を好きになってくれる人よりも、みっともないところを先に見られちゃった方が、あとで頑張れるっていうか。そういうの、肩肘張らなくていいじゃん。今まで気づかないくらいナチュラルに側にいたわけだろ？」

物は言いようだな、となかば感心しながら朋哉の話を聞いているとため息が漏れた。とりあえず最後まで話を聞こうと思って、口を挟むのを懸命に堪える。

「あの子なら、俺もそろそろ落ち着けるのかなって思うし」

もう付き合う気があるんだな、と思うような言いぐさだ。

それって流されてるだけなんじゃないかと棗の目には映ってしまうが、朋哉のほんとうの気持ちなんか棗にわかるはずがない。まわりから見て、どれだけ薄っぺらく、軽薄な恋愛の芽生えにみえても、朋哉が言うように、それほど自然に発芽する恋の方が本当の愛かもしれない。

ずるいな、という一言を、声にするのを、必死で棗は我慢する。

女というだけで朋哉を待てる彼女はずるい。

自分の方が朋哉を好きだ。自分の方が朋哉のことを想っていた時間も長い。一番自然に近くにいられるのも自分のはずだ。この先もずっと朋哉のことを好きなのは自分だ。朋哉のために犠牲にしてきたこと、朋哉のせいで琥珀ばかりを集めるようになったこと。そのせいで人生が少し変わったこと。

全部朋哉に打ち明けてたとしても、今までの関係を根底から砕くような結果しか出ない。

どれほど朋哉を想っても、これ以上、自分は朋哉に近づけない。

「そう思うならそうすれば？」

突き放すような声で棗は答えた。それ以外、自分に何が言えるだろう。


「大丈夫か」

朋哉は玄関先でよろけながら靴を履いている。棗は、朋哉を眺めながら訊いた。大してふらついているようではないが、さっきみたいな話をするなんて、見えないだけで、実はかなり酔っているのではないか。

「うん。外涼しそうだし」

「車に轢《ひ》かれたりすんなよ？　送っていこうか？」

「いい。電話しながら帰るかもしれないから」

彼女の所なんだろうな、というのが何となく分かってしまって、棗は、強引に朋哉の隣に下りて靴を履くのをやめた。

「じゃ、またな。お邪魔しました」

明るい声で、礼儀正しくそう言って手を上げ、朋哉はドアを開ける。棗は頷き返し、閉まるドアから朋哉を見送った。

片足でたたきに下り、ドアの鍵をかけて、廊下の奥に戻る。

消耗する一日だった。心のダメージが響いたのか、身体もどこかぐったりしている。胸の中にぐずぐずと鈍い理不尽さがあるのが吐き気のように不快だった。

「好きにしろ」と誰にともなく呟いて棗は部屋に戻る。

テーブルの上には、朋哉に見せたままにしていた琥珀が置き去りにされていた。

誰にも顧みられなかったくだらない石。

油から取り出した琥珀は、自分の心のような暗い赤色をしている。


一人になった棗は、片付けついでに立ったまま缶に残ったぬるいビールを飲んだ。炭酸が抜けかけて苦みばかりが強い。

本当に朋哉はまた、女と付き合うのだろうか。酒の上での戯れ言だろうか。朋哉がフリーになってようやく短い安息を得たと思ったのに、休む間もなく再開かもしれないと思うとさすがに泣きたくなってくる。

テーブルを片付け、テレビを消した。部屋に戻って室温に冷えた琥珀を布で磨き、研磨するかこのまま買い手を探すか考えていると、遠くからサイレンの音が聞こえてきて、棗は顔を上げた。

救急車だ。わりと近くまで寄ってくる。坂の終わりの辺りだろうか。

「……」

まさか、と立ち尽くしたまま、部屋の中で音の方向を見てしまった。

まさか、朋哉じゃないだろうと思う。

こんな時間に事故に遭うなんて。朋哉は大人で男で反射神経もいいはずだ。でもこんな時間に道をだらだら歩いている人間なんて、この辺りでは、そう多くはいないはずだ。

耳の奥がどくどくと鳴っているのに気づいて急に不安になった。頭を振って振り払おうとしたら、心臓が音を立てはじめる。

電話をかけてみようか。

棗はポケットに入れていたスマートフォンを取り出した。

何と言ってかけよう。「帰り着いたら電話ぐらいしろ」？　女の子相手じゃあるまいし、と思いながらとりあえず、震える指を画面に滑らせる。電話番号を呼び出そうとすると同時に、スマートフォンが震えた。メールだった。

『今日は心配かけてごめん。新しい彼女と頑張ります』

やるせない怒りに頭を殴られたような気がして、棗はスマートフォンで机を叩くような勢いで目の前の椅子に崩れた。

地味だけどいい人。

それが朋哉の、新しい彼女に対する評価だ。

初めてのタイプかな、と思いながら、棗は事務所のパソコンのキーボードをパチパチと叩いていた。

物件は毎日流れてくる。登録管理も棗の仕事だ。

冷えたコーヒーをすすりながら、ソフトで作った間取りの画像も登録してゆく。駅から十分、2LDK。彼女と二人暮らし、家賃七万円ではこんなところか。今、朋哉たちのようなカップルが、部屋を探して店に飛び込んだら多分一番最初に勧めるだろう物件だ。

新しい彼女は、派手なプレゼントを欲しがったり、休みごとにデートスポットや買い物に行きたがるような人ではなく、部屋で一緒にビデオを観たり、手料理に腕を振《ふ》ってくれるような人だと、いかにも鼻の下が伸びたような声で、朋哉は電話で語っていた。

これまでの統計によると、朋哉の彼女は基本痩《や》せ型でグラマー、背は中くらい、美人が多く、明るく喋り上手な、わりと自分に自信がありそうなタイプがほとんどで、棗は朋哉の彼女と気が合ったことがない。

あまり女性と喋ることに興味がない棗に対し、彼女が朋哉に苦情じみた相談を持ちかけ、「まあまあ、棗はああ見えてもイイヤツだし、ちょっと人見知りするところもあるから」と、朋哉が取り成しているのが聞こえてきそうな関係ばかりだった。

今回は、彼女の方が、会社で朋哉と待ちあわせをしたことがある棗のことを覚えてくれていて、棗は元気かと訊いてくれたと朋哉が喜んでいた。

自分のいない場所で、何で俺のことを話してんだよと、少々癇《かん》に障ったが、これまでの女よりは少しはいいとか、朋哉と上手く行っているらしいことが分かって安堵《あんど》もした。

今度こそ駄目かな。

いつもと違う雰囲気にそんな覚悟が湧き上がる。それでも想像よりも大して胸が痛まないことに、拍子抜けのような寂しいような気もしていた。

ああ、ここもいいな。少々西日が入るけど。

自分が部屋を選ぶようなことを考えながら、新しい物件のデータを入力していたとき、何となく宮田のことを思い出した。

あのあとすぐに、本当に仮契約をしてくれたと聞いていた。本契約は辞令が出てからということらしい。

どうなっただろうと、データを出してみる。三ヶ月分の家賃が入金されていた。ほんとに契約してくれたんだなと、うっすら感動してしまった。

引っ越しは三ヶ月先だと聞いていた。

早すぎるように見えるが、この家賃なら半年で元が取れる。

なかなか計算上手だ。新しい土地でも、宮田なら上手くやって行くだろう。

「……」

単調にパソコンに家賃などの数値を打ち込んでいた棗は、指先がオレンジ色に染まっているのに気づいて、ふと指を止めた。

窓を見上げる。西日を防ぐ遮光フィルムを、夕日に染まったガラスが、真っ赤な額縁のように縁取っている。この事務所は、不動産屋のくせに最悪の立地だった。冬は陰だし、夏は暑いし、角だし駐車場は遠いし西日が真っ正面だ。

夕焼けの萌《も》えるような朱が、黒いフィルムを侵食するように漏れている。

新しい彼女と一緒に、未来へ歩もうとする朋哉。新しい世界に飛び込もうとしている宮田。彼らの人生が動いているのが見える。ここを訪れては新しい部屋を契約する人も解約する人も、川の流れのようにどんどん未来へ進んでゆくのだ。夕日の中で立ち止まっているのは自分だけだ。

樹液は多分こうやって琥珀になって行くんだろうな、と、火がつきそうな夕日の赤さに目を細めながら、棗はぼんやりと窓を見た。

同じ有機物として生まれ、琥珀は地面に流れて圧縮され、静かに時間を閉じ込めながら化石になってゆく。その地上では、生きものたちがめくるめく勢いで進化を繰り返している。変わらない自分を置き去りに、違う生きものになって、想像もつかない新しい一生を歩み始める。

「……琥珀、やめようかな」

誰もいない事務所で、戯れに呟いてみる。

叶うはずもない朋哉への想いにばかり囚《とら》われていないで、もっと他を見回してみたらどうだろうか。多くの人と会って、琥珀だけでない、色んな種類の石の魅力を楽しむことを、なぜ今まで避けてきたのだろうか。

自分だって、歩き出してみたいと棗は思った。

世界は広いだろうことを棗も頭では理解している。歩めばどこかへ行けることも分かっている。朋哉のいない地上など、どっちに歩けばいいかすら想像もつかなかったが。


「やっぱりアイツ、下げチンだったのよ！」

だん！　と拳《こぶし》でバーカウンターを叩き、さも憎々しげに、リカりんは吐き捨てた。

「いや……、そういうんじゃないと思うけど」

「だってそうでしょ？　アイツと別れた途端、成績上がるし、琥珀は買えるし、アンタとも縁が切れそうだし」

「勝手に切らないでよ。それに付き合ってねえし」

カウンターに長いため息を零して、棗はカランと音を立てながら、氷が入ったロックグラスを引き寄せた。

確かに、あれを皮切りにツイているのは本当だ。

宮田が結んでくれた契約が棗の成績となり、営業手当として加算された。とある会社が、新規物件をまとめて社宅として借り受けてくれた。管理が楽な大口で、成績は窓口のものになる。それだけで今月のノルマはクリアだ。その手続きや準備で大忙しの棗の耳に、都内の鉱石屋が廃業し、破格値で在庫をバラ撒《ま》くという情報が入った。駆けつけてみると珍しいほどの琥珀の保有量だった。当然希望者全員の入札になるところだが、店主が特別琥珀を愛していると言い、琥珀専門の棗に優先して琥珀の買い取り権利を与えてくれた。財布と預金をギリギリまではたいて買い付けをした。それでも半分も買えなかったが大収穫だ。普通の仕入れ値で業者に流すだけでも十分利益は上がるし、貴重なドミニカ産のブルーアンバーがいくつもあった。シダ植物を含まない稀少《きしょう》なゴールデンアンバーも譲ってもらった。売り物ではなくコレクションにしたくなるほどの品ばかりだ。「石屋が廃業するとき」という話は何度も聞いたことがあるが、実際行き当たるのは初めてだ。「好き」の蓄積だ。噂に違《たが》わず、怨念《おんねん》じみて、ものすごい。

「どっちでもいいわ。アンタが乙女チックホモをやめて、普通のゲイになるなら素敵じゃない」

「相変わらずひどいな」

とりあえず幸せになれと言われているのはやはり分かってしまって、リカりんの罵倒に本気の怒りは湧かない。

「……失恋って、あっけないな、リカりん」

自分が苦しみながら抱えてきたのは、この程度の物だったのかと思うと拍子抜けだ。あんなに朋哉を好きでいたのに、朋哉が結婚しそうになっても何もできない、何も言えない。せいぜい鏡の前で「お幸せに」と笑って言う練習をするくらいしかすることがない。無力が身に染みすぎて、涙も出ないほどだった。

「そうねえ、ぶった切られて死ぬか、飢えて衰弱死するかってところじゃない？　アンタの長さで言うと、雪山に登って寒さでビバークしたのはいいけど、三日も下山できずに温泉の夢を見ながら気がついたら凍死、って感じかしらね」

「それも酷いよ」

即死に到る傷がなく、緩やかな打撃と飢えで衰弱して死亡した分、痛みがないのだとリカりんは言うが、言われてみればそんな気もする。

痛みを伴わない恋の死は緩慢で、痺れるように鈍い重さはあるが、泣き叫ぶほど激しい苦痛はない。

死んでしまったのか、と、寂しく思うのが半分、これで楽になれると思うところも、死ぬのに似ている。身体が薄ら寒いところや、何を見ても他人の目を通してみるように、どこか他人《ひと》ごとのような気がするところも、幽霊になったらこんな感じかな、想像するとハマる気がする。

「しかし、モテるわねえ、その下げチン」

リカりんの中で、朋哉の渾名が定着してしまったようだ。こうなるとなかなか他の名前で呼んでもらえない。

朋哉はもうこの店には連れて来られないなと思い、その可能性もないだろうと思うと、今さら少し、残念だった。恋人になりたいとさえ思わなければ、普通にいいヤツだ。できるなら、一度リカりんに朋哉を見せたかった。

棗はひとつ息をついて、カウンターで額を抱えた。

「モテて当たり前だよ。だって俺の好きな人だから」

愚痴までが恋しげだ。リカりんは林檎《りんご》を軽く握りつぶせる手で、棗の頭を優しく撫でた。

「変態終了、お疲れさま。今度はちゃんと自分が幸せになれる恋をしなさいね」

震える声に、知らん顔をしてくれるところもさすがリカりんだと思った。


六年間だ。

腐れ縁だなんだといいながら、よく片想いを続けたなと、自分のしつこさとかいじらしさに感心しながら、棗は会社の帰りに朋哉にメールを送った。

帰宅の時間が合うなら久しぶりに飯食わない？　という内容だ。少しでも彼女に気を使う雰囲気が見えたら、自分から断ろうと思っていた。駅が見えてくる頃、着信があった。

――今どこ？　棗。

「駅前」

――俺、今会社出たとこ。戻ってくる？

こういうところが腐れ縁だと言うのだ。妙にタイミングがよく、自然に会えるよう神さまに仕向けられている。朋哉のことをただ好きで、ほわほわと幸せでいたばかりの頃の自分なら、運命と勘違いしたって仕方がないくらいの相性のよさだ。

「彼女、大丈夫？」

――今日、残業だって。同じ部署の子と飯行くって言ってる。

「ん、わかった。どこ行く？」

――カレー屋どう？　裏の路地にネパール料理屋ができたんだけど。

「了解。そっちに戻ればいいの？」

朋哉の会社の裏なら戻らなければならない。毎日朋哉の勤務先前を横切るのも複雑だったが、別につらくはないな、と思っていた。

今日、朋哉と会おうと思ったのは、恋の終わりに区切りをつけるためだ。

この調子なら、放っておいても恋は萎《しな》びて消えてしまうのだろうが、それでは自分の六年間をまるで無駄にしてしまったような気になる。

朋哉にはなにも伝えないけれど、棗の中で、これで終わりだと決意して、一緒に飯を食って、割り勘で勘定を払って、電車に乗って駅でじゃあな、といつも通りに別れる。それがこの恋の終わりと決めた。

店の前に立っていた朋哉と合流して中に入る。カレーと香辛料の香りがする店内だ。入り口の雰囲気に何となく見覚えがある。朋哉の職場の近隣だ。前を通ったことは必ずあるはずだった。

「ここ、前何だったっけ」

「喫茶店」

「ああ、モーニングセットが異様に高いとこ」

ビジネス街には珍しく、ホテル並みの値段だったと記憶している。棗は一度来てそれきりだ。ランチの値段は普通で、内容もはそれなりだと朋哉の噂に聞いていた。この辺りの家賃相場を知っているから、どこかで客単価を高くしなければならないのは仕方がない。

アジアンテイストの内装がいい雰囲気だった。少し暗めの照明。柱時計の胴体に琥珀が嵌まっている。内装全体が赤系で、緑色がところどころで効いている。

棗は豆カレーにタンドリーチキンをトッピングしたもの、朋哉は王道チキンカレーだ。あとは自家製焼酎《ロキシー》とネパールビールを注文した。緑色の瓶に赤い帯がいかにもネパールらしい。

「棗と飯食うの、すごく久しぶりな気がする」

「そうだな。大阪で会った日以来か」

時間にすれば一ヶ月程度だ。大学が同じなだけで、学部も違う。職場も住んでいる場所も違う二人だ。これまでが多すぎた。卒業してから三年も過ぎて、ただの友人と言うなら、月一でもおかしな頻度だと思う。この先は少しずつ時間を延ばしながら、距離を置いた方がいいのかもしれない。そう思った棗の考えを見透かしたように朋哉が言った。

「これからあんまり、棗と会えないかも」

気まずそうな笑顔で言う朋哉を、思わず棗は見つめ返した。彼女と付き合い始めると自然誘いを断られる回数は増える。でも時間が空けば互いの家に遊びに行ったり、飯を一緒に食ったりするくらいはずっとしていた。彼女のせいで自分の誘いを断ることが重なっても「時間が合ったら付き合えよ?」と、朋哉から予防線を張ってくることが常だったのに、こんな風に会えないと宣言されるのは初めてだ。

「俺、何かしたかな」

今距離を置こうと決めたばかりだが、それとこれとは話が別だ。そういえば朋哉がこれまで飯に誘ってこなかったのも不自然だった。実際の頻度は別にして、週に一度以上は誘いのメールが来ていたのに、とんとお見限りだ。それもあの夜からだ。

すっと背中が冷たく湿るような感触を覚えながら、棗はあの夜のことを思い返す。

何か、知られてしまっただろうか。朋哉を想う、あるいはみんなと違う秘密の何かを。

朋哉を一人にした時間はない。キッチンにいても、部屋に入って抽斗を開ければ物音がする。グラビアは普段からクロゼットの奥だし、特に朋哉が好きだと感づかれるような言葉を発した覚えもない。

棗の静かな緊張を尻目に、朋哉は気恥ずかしそうな笑顔を漏らした。

「先週から、彼女がうちに住んでて」

「ああ……」

相づちとも、ため息とも言えない声が零れる。馬に蹴られるつもりはないしデバガメになる気もない、と思ってどんな亀だっけ、と思考が遠くに滑って飛んでいく。なるほどこれが現実逃避か、と思いながらも棗は自分が案外冷静だったことに驚いた。

「よかったじゃん。同棲《どうせい》できるような人？」

ショックだったが、まだ平静を装えるくらいだ。覚悟をしてきた成果かもしれない。

「うん、彼女がさ、言うんだよ」

「何て？」

「毎日、晩ご飯作らせてって」

「不甲斐《ふがい》ないな、逆プロポーズかよ」

見たことがないくらい、すごく照れくさそうに言うから、棗も苦笑いになった。

「飯、上手い人でさ。今はちょっと、部屋の模様替えとかしてるから無理だけど、落ち着いたら棗も食いに来いよ」

「うん。いいの？　お邪魔しちゃって」

「駄目って言うわけないだろ？　俺の親友なんだし」

言い聞かせるような声音が余計棗を傷つけているとも知らないで、朋哉はそんなことを言った。

「そうだな。そのうち」

なかなかいいな、と思えるくらい、するすると笑顔が出てきた。

「大事にしてやれよ？」

我ながら上等だと、棗は思った。

カレー屋を出たときには苦しいくらい満腹で、二軒目の店は探さなかった。電車に乗って、いつもの駅で降りた。芸能人の結婚の話とか、会社の席替えの話とか、少々の愚痴とか、途切れ途切れに雑談をして、駅前通りから自転車屋の角を曲がって一車線の道を歩く。

「夜になってもあんまり涼しくならないな」

「うん。まだ我慢できるくらいだけど。クーラーつけた？」

「何回か。一昨日寝苦しかっただろ」

「うちはそうでもなかったよ」

棗のアパートの前に差しかかり、「じゃあ」と手を上げようとすると、朋哉も一緒に立ち止まった。

頭の上で、マンションの塀《へい》から差し出るクヌギの枝が、ざわっと音を立てた。ぬるい風は一度きりで、遠くで缶が転がるような音が聞こえてくる。

朋哉を見上げ、そのままマンションに向かおうとしたとき、

「棗」

と改めて名前を呼んで、朋哉はスーツのポケットに手を入れた。

「これ」

手を出して、何かを渡そうとする。

「何？」

朋哉を見ると、朋哉は微笑を浮かべた。

「会社でおやつに回って来てさ、棗を思い出したから」

そう言って、差し出した棗の手のひらに、自分の手の中のものを落とした。

かさかさとした感触の軽い包み。見下ろすとくしゃくしゃのビニール包みがあった。見覚えがある。

琥珀色の小さな四角錐《すい》。黄金糖という昔からある飴だ。

「なんか、琥珀っぽいだろ」

朋哉の心が詰まった、安っぽいゴールデンアンバー。

こういうところが卑怯《ひきょう》だな、と、棗は思う。他の女を好きになっても、ムカツクくらいのろけられても、どうしても飽きたり失望させたりさせてくれないらしい。

棗は苦笑してから朋哉を見た。

「ありがとう。大事にするよ」

手切れ金にはおあつらえ向きだ。

† † †

短いサイクルの朋哉《ともや》の恋に振り回される日々を振り返れば、ここひと月の生活は本当に平和だった。

毎日仕事をして、琥珀《こはく》を整理する。ザ・ミモザに入るオーダーもぽちぽち増えてきて、琥珀をアクセサリーに加工する宝飾デザイナーも紹介してもらった。昼間は働き、土日に仕入れに行って、深夜まで選定や加工をする。

毎日が充実して、夜は穏やかで、そんな日が繰り返し続く。

憑《つ》きものが落ちたようだと、棗《なつめ》は急に凪《な》いだ自分の心を確かめて驚くような心地がした。

失恋の打撃は思ったほど酷《ひど》くなく、たまに朋哉から穏やかな生活を伝えるノロケのメールが来て、当たり障りのない返事を返して、その後少し寂しくなる。

一年後、二年後を想像すると、もっと楽になっているんだろうな、と今度は恋の記憶が薄れてしまうことが寂しくなるほどだった。

遅い昼休みを終えて、棗は事務所に戻ってきた。「契約に必要な書類」という印刷物の改訂版の版下を仕上げて、夕方印刷所にデータを送らなければならない。椅子の背を引いて腰かけようとすると、グレンチェックの事務服を着た女性事務員に声をかけられた。

「今野《こんの》くん、さっき電話があったよ」

「誰？」

「宮田《みやた》さん、っておっしゃるお客様。今野さんいますか？　って」

「大阪の物件の人？」

さしあたりそれしか心あたりがない。

「そう。こないだも今野くん宛《あて》に電話がかかったでしょう？　今日も『何かお伝えしましょうか』って訊《き》いたんだけどそれはいい、って」

「……じゃあ、いいんじゃない？」

電話を折り返したほうがいいと言外に言ってくる彼女に、素っ気《そけ》なく棗は応えた。

宮田が自分に何かを言いたいのではないかという雰囲気は察していた。

本契約をしたいと言ってきたメールに、内覧のお礼を言いたいから今野から電話が欲しい、と書かれて、携帯の電話番号が記載されていた。あの暴言社長のことを心配してくれているのだろうと思ったのだが、だったら余計に自分は宮田と関わらないほうがいい。

たまたま事務所から連絡をする用事があって、担当の女性から連絡をすることになった。彼女に、自分からくれぐれも宜《よろ》しくと、契約を感謝する伝言を伝え、彼のほうからも、棗に宜しくという言葉をもらった。これが棗の返事だ。彼に助けを求めないのが無事の知らせで、暴力的とはいえ他の顧客の個人情報を守る、会社員として最低限の節度だと判断した。たとえ、ただの親しさだとしても、客の生活にはできるだけ干渉しないというのがこの業界の基本だ。

「最近、今野くんデキる男みたい」

「最近ってなんですか、最近って」

「でも実際、成績上がったよね。そろそろスーツを着てきてもいいじゃない？」

事務員が、ちらりと社長の机に視線を送りながら笑った。

「俺なんかまだまだ」

軽く笑い返しつつ、とりあえず褒められてるんだな、と思いながら、棗は鞄《かばん》の中味の書類を机の上に取り出した。

朋哉の退社時間に合わせて帰ろうと思わないせいか、仕事にもメリハリがあった。ここ最近の成績のよさは運だと思うが、運を引き寄せているのは、些細《ささい》な仕事熱心さなのかもしれない。

持って帰った書類を整理し、ポスト用のチラシを作って今日の仕事は終了だ。土日がローテーションで休みなかわり、転出転入の繁忙期以外はほぼ定時退社なのがこの会社のいいところだった。

定時は五時半。チラシを作って切りのいいところまでデータ入力をしたら六時を回ったところだった。日よけ代わりの掲示板を覗《のぞ》いている客もいないし、特に予約も入っていない。用事を言いつけられないうちに、棗はそそくさと事務所を出た。まだ外はずいぶん明るい。

宝飾デザイナーの紹介で、このあとバイヤーと会うことになっていた。ポーランドの発掘現場に直接買い付けにゆくような専業バイヤーで、通常個人相手の取引はしないのだが、デザイナーの熱心な説得で、現金取引に限り、石を分けてもらえることになった。

約束の時間まで四十五分。向こうについてATMに寄って、待ちあわせの時間まで料亭で待機。余裕だ。見せてもらえる予定の中に、バーボンという色味の琥珀があるらしい。あまり茶系の琥珀は好きではないが「夕日のような」という喩《たと》えが気になっていた。

スーツは駅のロッカーに入れておいた。取り出して、どこかで着替えてから電車に乗ったほうがいいだろう。そう思いながら、帰る方とは別の、駅の短い階段を駆け上がったときだ。

「……」

スマートフォンに着信があった。棗は階段の残り数段のところで、歩を緩めてポケットからスマートフォンを取り出す。画面を見た。朋哉からだ。

数秒、名前が浮かんだ画面を見つめ、棗は通話ボタンを滑らせた。明るい声を出す。

「ああ、朋哉か。どうしたの？」

食事は断るし、いつものノロケなら今移動中だと言って切ろうと思っていた。もう朋哉がいなくても大丈夫だし、自分には自分の生き方がある。

「――……朋哉？」

電話の向こうが何も言わないのに、眉《まゆ》をひそめて棗は問いかけた。

偶然画面が何かに触って、たまたま自分にかかってきたのだろうか。自分に電話が繋《つな》がっていることを、朋哉は気づいているだろうか。

「もしもし？　朋哉？」

歩きながら問いかけるが応答がない。

念のため電波を見るが、駅周りだ。通信量は十分なようだった。

「朋哉？　……もしもし？　聞こえてる？」

怪訝《けげん》に問いかけながら、棗はスマートフォンを耳に当てたまま改札口の方向へ歩いた。電波の様子が変われば何か聞こえるかもしれない。

「朋哉。おい。聞こえるか？」

回線の向こうからはなにも音がしなかった。人の声も聞こえないし、電波トラブルらしい異音も聞こえない。切れる様子もない。

一度通話を切って、自分からかけ直してみようかと棗が思ったときだ。

——……棗？

耳に強く押しつけていないと聞こえないくらい、小さな声が自分を呼んだ。駅のアナウンスのほうが大きくて、棗は反対側の耳を手で塞《ふさ》ぎながら応える。

「うん。どうしたの？　悪いけど、今日、飯は……」

——何か、……出ていかれたみたい。

「……。……はあ？」

唐突に意味のわからないことを呟《つぶや》かれて、棗は眉をひそめる。

——昨日、いきなり話をされてさ、引っ越し業者が明日来るとかなんか、そういう……。

「何が？　運送屋が、なんだって？」

——なんでそういう理屈なのか、わかんなくてさ。一昨日《おととい》は全然機嫌よくて、それで……

——

「なあ朋哉」

わかんねえのは俺の方だよ、と、思いながらだらだら漏れる朋哉の言葉を止めようとするが、電話越しでは無理だ。

——寂しかったとか、俺は。

「朋哉」

——急にそんなこと言われたって、どうしろって言うんだよ。

「……振られたのか」

経緯は分からないが、また、突然彼女に出ていかれたということだろうか。

——そうだと思う。

短い沈黙のあと、ぎゅっと詰めるような小さな声で、朋哉は応えた。

「今どこ？　家？　一人か？　彼女は？」

朋哉の隣に女性が倒れているような気がして、ゾッとしながら棗は尋ねた。

隣に血まみれの人が倒れていても怖いし、朋哉が手首を切ったりしていても怖い。自棄《やけ》を起こして、車道に飛び出したらどうしよう。といっても今までそんなことをしたことはない。

だがそれは自分がいたからで、一人きりならやりかねないかもしれない。

様子を見に行かなきゃ、と、無意識のうちに元来た道を引き返していた。たかが失恋と言うけれど、朋哉はこういうとき、本当に駄目なのだ。女に信頼を預けすぎてかわいそうなくらい凹《へこ》む。自分がいなければ飯も食わないし、適当なところで酔いつぶれる。本当に今、ちゃんと部屋にいるのだろうか。泣いているのだろうか——。

階段の降り口で、ふと我に返って棗は立ち止まった。

「……」

またか。と思う気持ちもあった。

明るく光る階段の下を眺めながら、棗は片手でゆっくり頭を抱える。

やっと解放されたのに、またかと。

肋骨《ろっこつ》の内側で圧力を上げる恋しさという衝動に、棗は息を詰める。解放されたのではない。忘れたふりをしていただけだ。

まだこんなに好きで、浅ましく朋哉の弱みにつけ込みたがっている自分がいる。弱って甘えてくる朋哉を、ひとときでいい、自分のものにしたい。中毒物質はこれだ。甘く幸せな毒だ。すぐに他人のものになる朋哉を今、独占したい。そんな刹那《せつな》の欲望だった。

でも、もう本当に苦しいのだ。

ようやく、抜け出せたと思ったのに、もう戻るのは嫌だった。原因も今、はっきり分かった。今甘やかしてもすぐに朋哉は誰か別の女のものになる。自分はそれまでの繋ぎだ。優しいなら誰でもいいのだ。利用されているだけだ。こんなの一回きりの餌《えさ》だ。ただの馬鹿だ。

「朋哉。ごめん、……俺、今日約束が——……」

——棗。

この階段を降りたら駄目だと、脳が言うのにどうしても身体《からだ》が言うことを聞いてくれない。

「——……十五分待って。今、駅で……」

崩れるように、階段に足を差し入れて、棗は絶望を覚えた。

今もまだ、頭の中は階段の上に引き返せと言う。電車に間に合わない。待ちあわせに間に合わなくなる。朋哉は大人で、ただの甘えで、棗の待ちあわせは仕事だ。

なのにどうしてこれほどまで、自分がままならないのか。

棗は登録したばかりの、アドレス帳を呼び出し、電話をかけた。待ちあわせのバイヤーだ。今どこにいるのかと訊くと、まだ電車に乗る前だと彼は言った。

事情を説明した。事情といっても、どうしても優先しなければならない急用ができて、約束の場所に行けないと言うだけだ。一時間くらいならズラそうかと言ってくれたがそれも断った。もう最悪に失礼だと思ったが、もしそれにも間に合わなかったら、人間として許せないくらい申し訳が立たない。

「本当に、申し訳ありません……！」

明日以降、自分にできることならなんでもしようと棗は思った。違約金を払ってもいい、もう取引に応じてくれないだろうことも覚悟していた。今朋哉の側に行けるなら、どんな犠牲だって払おうと思う。

自分の悲痛さが、変な方向に伝わったようで、バイヤーの方が慌てているのがわかったが、今は上手《うま》く事情を話せない。ひたすら謝ることしかできなかった。

明日、できるならお詫《わ》びに行きたいと言い残して、通話を切った。その後は予約していた料理屋だ。少し苦情を言われたが、キャンセルは利いた。近いうちに絶対朋哉に奢《おご》らせようと、逆方向に伸びる階段を駆け上がりながら棗は誓った。

電車を二駅で降りる。本当はもう一駅先だが、ここで降りて裏道を走った方が速いことを、経験上知っていた。会社に遅刻しそうなときしか使ったことがない駅だ。帰りに使うのははじめてかもしれない。

自分は馬鹿だと思う。愚かしいにもほどがある。

頭で分かっていても、気持ちが動いてしまうとどうにもならない。駄目だと経験や理性が自分を止めるのに、恋しさが身体を動かす神経を乗っ取って、だんだん判断できなくなってゆく。

手に入らない恋愛のために、やっと巡ってきた仕事のチャンスを放り出して、振られた男のために、すぐにまた別の女を好きになる男のために、自分をけっして好きにならない男のために、こんなに走るなんて、本当に馬鹿だ。

失恋が中毒というなら、これはもはやフラッシュバックだった。

小雨が降っている。雲が流れ込んだ夕焼けは不吉なまだらで、それも棗が正常な判断を放り出す理由を与えている。

人が少ない裏道を、走って走って、門に飛び込み、階段を駆け上がる。耳の横を流れる汗が不快だった。走った汗だが、スポーツのそれと違って、生ぬるく纏《まと》わり付く感じがひどく辛い。息はとっくに切れていた。湿気の多い空気を吸って肺は重たいのに、喉《のど》が渇いて焼け切れそうだ。

「……っ……！」

駆けつけた勢いのままドアノブを摑《つか》もうとした手を、棗はとっさに引いた。戻る気も止まる気もとっくに弾《はじ》け飛んでいた。あるのはただ恋しさと、こんなに走ってきたことを朋哉に知られてしまう恥ずかしさだけだ。何が正常で優先されるべきことなのか、もうとっくに分からなくなっていた。

「は……」

棗は自分の胸元を摑んで、ドアの横の壁に、どん、と背中を預けた。喉の付け根が痛いくらい荒れた呼吸を必死で抑える。

早く静まれ、と、ばくばく打つ心臓と速い呼吸を恨めしく思う。喘《あえ》いで息をつめる仕草を、金魚のように繰り返して、必死で息を抑えた。こんなことまでしておいて、朋哉の前で平気ぶりたいと思うのは多分、馬鹿馬鹿しいが、棗にとっては重要だった。

俯《うつむ》いたコンクリートに、汗の黒い雫《しずく》が落ちるのが見える。袖《そで》で拭《ぬぐ》う仕草も惜しく、ただ開いた口で酸素をいっぱい吸って、爪《つめ》が食いこむくらい強く胸元を摑む。

声が出ないかもしれない。

そう思いながら、空を仰いで収まりかけた呼吸を繰り返し、思い切ってドアを振り返る。焦《じ》れったい気持ちを抑えつけて、一度だけチャイムを押し、ドアノブを回した。

鍵が開いていた。尋常ではない。

逸《はや》る気持ちを抑えながら、ドアを開ける。……部屋の中には電気がついていない。

「……朋哉？　上がるぞ？」

案の定、声が出にくい。奥に声をかけるが返事もなかった。

短い廊下の奥から白い光が見える。

「朋哉……」

部屋の入り口に立ち尽くすと、白いテレビの光に、しゃがみ込んだ朋哉の左半身が黒く浮き上がっていた。

「……おい、大丈夫か」

側に近寄ると、ワイシャツ姿のまま、朋哉は片方の膝《ひざ》を抱いて洟《はな》をすすっていた。額を膝頭に押しつけたまま顔を上げない。

「朋哉」

まだ痛みの残った肺で呼吸をしながら、棗は朋哉を見下ろし、部屋の様子を見渡して当惑する。

ビールの缶が二本テーブルに載っている。机の上は手でなぎ払ったようにぐしゃぐしゃだ。不自然に空いた場所に見慣れない髪どめが置かれていた。床には、袋の食パンとか、からっぽの皿がある。

いつこうなったのだろう。

少しでも状況が知りたくて、視線だけで辺りを窺《うかが》う。棗が知っている朋哉の部屋と、だいぶん様子が変わっていた。朋哉のクロゼットの隣に不自然な空間がある。本棚が二段、まったくの空だ。喪失という空間があるならこういう穴なのだろうと思うような虚《うつ》ろで昏《くら》い隙間だった。窓辺に花瓶《かびん》がある。テーブルクロスなんて上等なもの、今まで一度だって朋哉の部屋で見たことがない。空いた空間に、朋哉ではない気配が残っている。だがそれが恋の死体のように見えて、少しゾッとした。

こんな部屋で、どのくらい過ごしたのだろう。傷ついた朋哉がかわいそうだった。そして打ちのめされた朋哉を見るのはどこか愉快だった。そんな自分が死ぬほど嫌いで、かわいそうにも思っていた。

「飯、食ったの？　飲んだのはビールだけか？」

「うん、棗……俺……。俺は」

覗き込むと、泣きながら首筋に腕をかけられて棗は逆らう気もなく、床に膝をついた。汗を掻《か》いたのが気になった。

「出てったのか、彼女」

「うん。上手く行ってたんだよ。先週末も水族館に行って」

「そう」

「毎日寄り道せずに帰ってさ」

「そうだな。お陰で寂しかったよ」

朋哉の幸せと引き換えだと自分に言い聞かせて、寂しさに慣れてしまうくらいには、寂しかった。

「なのに、俺といると寂しいって」

「なんで？」

「分かったら苦労しねぇよ……！」

と言って、朋哉が肩のところで泣き声まじりのため息をつくのに、棗は朋哉の背中を撫《な》でてやった。

ワイシャツの背中は汗で少し湿っていた。襟《えり》の辺りに朋哉の体温を感じる。汗ばんだ肌のにおい、夕方の香水の香り。それを抱きしめながら愚かしい優越感に浸る。蜜《みつ》のように甘い液体に、恋心をどっぷり沈められるようだった。溺《おぼ》れ死ぬのに喜んでいる。こういうのが麻薬なのだと、理解した。

「もう駄目なのか。ただの喧嘩《けんか》じゃないの？」

「駄目だと思う。我慢したけどもう無理って、言った」

「何やったの、お前」

「何もしてねぇよ」

やるせなさそうな声でそう言って、朋哉はまた長く、掠《かす》れた息を漏らす。

「慰めてくれた男がいる、って」

音にならない声で呟かれて、棗は朋哉の背中を撫でながら天井を仰いだ。寂しかったとか何とか言うのは口実だ。他に男ができたのだ。

「そういう女はお前の方からお断りしとけよ」

苦い気持ちで、棗は朋哉に言い聞かせる。

自分から朋哉を奪っておきながら、何故《なぜ》そんなことをするんだろう。腹立たしく思うが、尻軽女の気持ちなんか想像もつかないし、そんな女が自分から朋哉を奪うことなど許せないと棗は思った。

「誰も側にいねえし」

「あんまりの言葉じゃねえの？　ちゃんと来てやっただろ？」

大事な約束や、今後の信頼を押し退《の》け、大人なのに息が切れるくらい真剣に走って、プライドをねじ曲げ、このあときっと襲ってくる自己嫌悪を覚悟して、この部屋のドアを開けたのに、側にいる人間の一人にも数えてもらえないのは心外だ。

「うん。だから本当に頑張ろうと思ったんだ」

彼女に対する後悔なのか恨みなのか分からない言葉を苦々しく聞きながら、朋哉の背中を撫でたときだ。静かに抱き返されて戸惑った。音もなく、朋哉の長い腕に身体が締めつけられる。体重をかけられるまま棗は、朋哉の上半身が覆い被《かぶ》さってくるのを受け止めようとした。

「重い。朋哉」

朋哉とはずいぶん体格差がある。のしかかられて支えきれずに、棗はそのまま後ろに手をつきながら訴えた。

「朋哉、しっかりしろよ、倒れるって」

なおも体重をかけられ、片手で朋哉にしがみつくが支えられない。なんとか倒れないようにしようと思うが、片腕ではどうにもならず、背中から床に押し倒されてしまった。しがみついたせいで朋哉の身体が、棗の上に倒れてくる。

「朋哉……?」

上から覗き込んでくる朋哉を、呆然《ぼうぜん》と棗は見上げた。自分にくっつかれるのが嫌だったのだろうか。女の悪口が癇《かん》に障ったのだろうか。

朋哉は眉間《みけん》に皺《しわ》を寄せ、口を強く結んでいる。思いつめた表情をしていた。動けないのかもしれない朋哉に「どいて」と冷たいことを言うのもためらわれる。こまった気持ちで見上げるばかりの棗の頬《ほお》に、朋哉の指が触れた。

「……朋、哉――?」

ゆっくりした動きだった。首を絞められるのではないかと思うくらい、切羽詰まった表情だった。

瞬《まばた》きをして朋哉を見上げる棗の頬を撫で、朋哉が顔を近づけてくる。

唇に、唇で触れられる瞬間も、酔っているのだろうかと心配しながら呆然としていた。二度、棗の体温より高い唇を長く押しつけられて、棗ははっと我に返る。

「酔ってんのかよ、朋哉！」

「かもしれない」

「かもしれない、って、お、い。やめろって！」

さんざん繰り返した妄想より、生々しい粘膜の感触に唇を吸われて、棗は仰天した。這《は》い出そうと藻掻《もが》く。それより近づいてくる朋哉の唇を押し退けるのが先か。

「キスができない。大人しくしろよ、棗」

「何考えてんだよ！　やめろ、マジで。嫌だって！　俺だよ！　分かってんのか酔っ払い！」

まだ大丈夫だ、今ここでやめても関係は壊れない。朋哉は酔っ払いなのだと、最後の予防線を張る。必死で張り巡らせるそれを、朋哉はうるさそうに振り払った。

「分かってるよ、棗だろ？」

面倒くさそうな声で朋哉が吐き捨てる。

「だったら……！」

「駄目？　棗」

そんな熱の籠《こ》もった声で、唇で首筋を撫でながら訊くのは卑怯《ひきょう》だ。汗を掻いたのに、と、こんなときに本当にどうでもいいことばかりが頭を過《よぎ》って余計に混乱する。

「お願い、棗。棗を抱きたい」

「嫌だ。わかんねえよ！」

「お前の側が一番落ち着くし」

「そういう問題かよ！　友だちだから落ち着くのは当たり前だろ？　目を覚ませよ！」

頭の上に手首を押さえ込まれる。

体格も腕の長さも違う。剣道は辞めたが、基礎的な筋力が違う。力で押し合っても敵《かな》わない。

「おい、朋哉！」

「なあ……駄目？」

泣きそうな目でねだられて、一瞬気を緩めたら深く口づけられた。

「あ……う。……っ、う！」

容赦なく舌を差し込まれ、舌を絡められて付け根から吸い上げられる。

体勢はすっかり上から押し込まれた状態で、体格差を撥《は》ね除《の》けられない上に酔っ払いの馬鹿力だ。

「はっ……」

舌の横を舐《な》め上げられた。引っ込めようとした舌を吸い出されて、舌先を軽く嚙《か》まれる。

こんなキスはしたことがなかった。以前、何となく流されるまま、女の子とキスをしたことはあるが、舌先で触れるのが精一杯だった。こんな、キス自体がセックスの始まりのような、濃厚に粘膜をすりあわせる口づけなど、したことがない。

驚き過ぎて腰が震えてしまい、朋哉の身体の下からずり上がる動きさえ満足にできない。

「朋……哉？」

ようやく息をさせてもらえるくらいのキスを、何度もされる間から、喘ぐような声で棗は問いかけた。

朋哉が朋哉でないようだ。朋哉の皮に獰猛《どうもう》な欲望を詰めた知らない存在のようだった。棗の視界は焦りと混乱で歪《ゆが》んでいて、指を伸ばして朋哉の顔に触れてみるが、やはりどう見ても朋哉だ。

「待っ……――て！」

シャツをたくし上げられ、脇腹を撫でられて慌てる。首筋に濡《ぬ》れた唇が這わされた。身体が勝手にぞくっと肉体的な反応を返すのに、棗は自分で驚く。

「棗」

朋哉の声で名前を呼ばれて混乱する。女の名前を呼べば殴るところだが、熱っぽく自分の名前を呼ばれれば、戸惑うばかりで、ぐずぐずと意味を成さない抵抗しかできない。

「や……だ。やだ……朋……っ。……っ……」

「悪い。ビールくさい？」

と言って、朋哉は側のビールを呷《あお》った。人にこんなことをしている最中に酒を呑《の》むなんて馬鹿にしていると怒った瞬間に、また床に押さえ込まれた。

「う、――――う！」

額に手のひらを当てて押さえられ、嫌がって顎《あご》が上がったところに口づけられる。喉に流し込まれるのはぬるいビールだ。

「馬鹿ッ……！　そんな、意味、じゃな……ッ！」

咳《せ》き込みそうになりながら、必死で怒鳴るところにもうひとくち。唇の端から流れたビールが喉を這い、襟が濡れてゆく粗野な感じが、棗の恐怖を煽《あお》った。

「まだビールのにおい、する？」

酒と運動で息が荒くなった朋哉が訊く。

何から喋《しゃべ》ればいいのか分からない。

ビールが流れた頬同士をこすりつけられたあと、知らない深さでキスをされた。食われるとか、されるとか、本気で震え上がった。こんなのが草食動物系なんて、絶対嘘だ。

「やめ、ろ。朋哉……！」

長い間、下腹の奥に隠し込んできた欲望を引きずり出すような口づけだった。脚の間で熱が疼《うず》くのがわかる。紙を食べる同級生のことを思い出した。いくらキスをされたからと言って、こんな逃げ場のない証拠を朋哉に見られたら、この恋も、自分の人生も本当に終わりだ。

「ふ……っ。あ、ふ……。は……ッ……！」

息ができないくらいキスをされ、身体中をまさぐられる。

「や。……なに。朋哉……！　そんなとこ、なんで」

突起があれば摘《つま》まれ、肋骨の窪《くぼ》みや鎖骨の溝を、身体の形を調べられているように、くまなく指で辿《たど》られる。

上手いとか、朋哉の手のひらの感触を堪能《たんのう》する暇もなかった。とにかく経験値が全然違うのはわかる。食事の準備をされているようだ。このままでは本当に食われると、直感でわかるくらい朋哉の動きは、自分を求めている。

「駄目だ。朋哉。俺だってば。分かってんのかよ……！」

「分かってるよ」

「分かってねえよッ！」

必死で怒鳴り返した。

「んなことするから女に逃げられるんだよ！　離せ、馬鹿。目ぇ覚ませ！」

「——目を覚ますのは、棗の方」

泣きそうになりながら、朋哉を押し返そうとする棗に、朋哉がひやりと言った。

理解できないと言いたげな笑いを朋哉は漏らした。冷笑だった。

「なんで押さえ込まれてるのに、真剣に逃げようとしないの？」

見透かされたようでぎくりとした。

体力が切れそうになったところに、低い声で囁《ささや》かれて、棗は呆然と朋哉を見上げた。

朋哉は少し、ぼんやりとした表情で、だらしなく緩めていたネクタイを、自分の襟元から引き抜いた。

「暴れたら、怪我《けが》するよ。俺とか、お前も」

「……誰のせいだッ！」

叫んだ唇を、またキスで塞がれた。乳首が摘まれる。何でそんなことをするんだと、喚《わめ》きたくても唇は朋哉に吸われているし、どんな答えが返ってきても納得できない。

「んーッ！　と。……ん！」

押し返そうとした手首を摑まれ、頭上にまとめて押し込まれた。朋哉の体温を残したネクタイが、両手首でしゅっと音を立てて締まる。

呆然と見上げる棗に、朋哉は無邪気な顔で笑い返した。

「ネクタイ、久しぶりだな」

酔ってる――。

数秒もたっぷり驚いたあと、棗は全身の力を振り絞るように暴れた。

「こんなところにネクタイ結んだ覚えはねえよ、ほどけよ！」

不動産屋に入る前、文具屋の営業をしていたことがある。だがそれを懐かしがるというには、この姿はあんまりだった。

「待て、朋哉！」

足をばたつかせたところで、馬乗りだ。手首は、指先がじんじんするほど強くネクタイで縛られ、頭上に上げさせられていた。

「今見るとあんまり似合わないね」

「ほっとけ馬鹿！」

罵《ののし》る間も、朋哉は起伏のない棗の胸を、味わうようにじっくりと撫でてくる。痺《しび》れてくる胸の粒を摘み、鳩尾《みぞおち》から臍《へそ》へのラインを人差し指で強く辿る。

「そういう、の。やめ……ろ。って……！」

臍の中を弄《いじ》られながら、胸の粒を前歯の間に挟まれて、何度も噛まれる。まわりの楕円《だえん》ごと、じゅうと音を立てて吸われると、腰から力が抜けてしまった。臍の中を掻き回されると、びくびくと下腹が勝手に跳ねる。身体ではまったく抵抗できない。あるかどうか分からない、朋哉の正気に訴えるしかなかった。

「おかしい、って……、思わないのかよ……」

「そうでもない」

「そうでもない、じゃねえよ！　馬鹿！」

「もう黙って。今日は色々考えられない」

考える必要があるのか馬鹿――。言葉はぬるっと入ってくる舌に押し込まれた。

「う――!」

目を閉じて受け入れるキスは、先ほどまでとはまったく別物だと思うくらいの感触で、棗の口腔に触れてきた。

吸われすぎて、舌が恐《こわ》いくらい敏感になっている。頬の内側を舐められる感触に震えるしかなかった。自分の口の中ではないようだ。戦《おのの》く身体が震えている。棗のぼんやりした高ぶりは、朋哉の手に揉《も》まれていた。

性感を刺激する意図を持ってそうしているのだから、気持ちよくならないはずがない。快楽直撃の粘膜を翻弄《ほんろう》される。ましてや相手は朋哉だ。

「抱きたい、棗。頼むから」

苦しそうに、飢えたように。水を欲しがるような無垢《むく》さで乞《こ》われて、もう何も言葉が出なかった。

黙って息をしていると、味わうように静かに深く、口づけられた。少しも拒めない。観念したように棗のほうから口を開くと、口づけが容赦なく深くなった。頭の奥が白く痺れる。瞼《まぶた》の裏は赤だ。唇の内側で舌の温度が混じり合うとき、どうしようもないくらい欲情した。

流される――。

恐《こわ》いと思ったが、もう踏みとどまる術《すべ》がない。朋哉は酔っていて、自分は朋哉が好きで、ひとときだけでいい、勢いだけでも、身体だけでもよかった。

想うだけでいいと思っていたが、事実という記念品が貰《もら》えるなら、それをいらないと言うほど、六年かけて削られた恋へのプライドは強情ではなくなっていた。

「ん……っ……」

下着の中に手を入れられた。朋哉が入れる場所を探され、最奥《さいおう》の窪みに触れられる。

「うう……」

他人に指を入れられる違和感に息を詰めたが、痛みはなかった。ガサガサした感触がぐっと押し込まれる。濡れていないから擦《こす》れて痛い。顔をしかめた棗に、朋哉が敏感に反応した。

「痛い？　――ああ、そうだ」

朋哉は床に転がったボトルを拾い上げた。キャップを開けるのを、呆然と見つめる棗の目の前で、朋哉はそのボトルをケチャップのように手のひらの上で振る。朋哉の手のひらに白い液体が流れ落ちている。

「あ」

性器の下から尾てい骨までそれを塗りつけられる冷たさに、棗は思わず声を上げた。

頭の横に、ごろん、と転がったのは乳液の瓶だ。

「わ……あ！」

なめらかにしてくれるものさえあれば、指くらいは慣れたものだ。痛みはない。だが、朋哉の指は安堵《あんど》する間を、棗に与えなかった。

「あっ……あ——。マジ、で？」

自分が知る場所より、ずいぶん深い場所にまで、朋哉の指が届く。自分でするときとは体勢が違う上に、朋哉の指が長い。馴染《なじ》んだ場所を過ぎ、奥を掻き分ける。

「あ。待っ、て。待っ——……ッ……！」

閉じた粘膜を開かれるのが恐い。知らない場所を指先が這ってゆくのにぞくぞくと鳥肌が立つ。

「駄目……だ。そんなに、奥は、嫌だ。嫌」

すでに性交の深さのように奥まで広げられている。安心して気持ちがいいと思える場所の、ずっと奥を朋哉の指は進もうとしていた。

「ん……っ。あ。……あっ……あ——」

朋哉の指の節が、入り口の輪を擦るたび、ビリビリとした快楽を放った。うろたえそうな深い場所での異物感も、すぐに痺れて分からなくなる。

「挿れていい？」

息を乱した朋哉が、耳元で熱っぽく囁く。

これを断り切れたら、その人は一生煩悩とは無縁だと棗は断言できる。棗は返事か呻《うめ》きか曖昧《あいまい》な声で、「うん」と言った。

入り口に爪をかけられ微《かす》かに広げられたところに朋哉が合わさってくる。粘膜同士を捏《こ》ね合う、ぬるぬると広げられる感覚がする。なるべく朋哉に任せようと思っていたが、押し破られる感覚がした途端、急に苦しくなった。

「あ――。無理……ッ……！」

とっさに声を上げたが、朋哉は止まってくれない。

押し返そうとしても、重なる部分は深くなってゆく。朋哉の怒張が身体の奥に進んでくるのが分かった。入ってくる場所が目一杯広げられていて恐い。指で遊ぶ圧迫などまったく比べものにも練習にもならなかった。破れるというより、踏みつぶされて死にそうなときに似た、息が止められるような圧迫が身体の中に埋め込まれてくる。

「大丈夫」

「無理。朋哉……！」

泣き声で訴えてみたけれど、願いは聞き届けられない。身体に朋哉を呑《の》み込まされた。

「……ぃ、ッア。ああ。や……。は――……！」

予想外の太さだ。死にそうな圧迫だった。ゆっくり沈んでいって、動けなくなったら挿れなおす。何度か繰り返しているうちに、朋哉を拒もうとしていた場所が、痺れて感覚がなくなり、乗り入られるまま明け渡すしかなくなっていた。

「苦し……。朋哉……！」

朋哉が動くたび、背骨まで軋《きし》むような鈍痛がある。粘膜が擦れる音が身体の中から響いて、本当に朋哉としているんだというおかしな実感が、正気と別のところに生まれていた。

「棗。……イイ。すごい」

熱っぽく、感じ入った声で朋哉が囁く。

「ああ……ッ……！」

感想を述べられてもどうすればいいのだと思いながら、身体の中を朋哉が行き来するのを為《な》す術もなく棗は受け入れていた。

なめらかになるまで、身体全体で、床に押し込まれるようにして深く長く擦られた。突き込まれるたび、抵抗する気力が壊れ、息が潰《つぶ》れる。少しずつ痺れてゆく苦しさに、ただ喘ぐだけになった。腿《もも》は震えるばかりで、朋哉を少しも拒むことができない。

汗がぽとぽとと、雨のように上から落ちてくる。

身体を起こした朋哉からだ。

雨みたいだと、指を伸ばす間もなくまた抱きしめられた。荒れた息が、耳元で短く切れる。

「ほどい、て」

指先が冷たくなるくらい、きつく縛られていた。無防備な胸元を、思い出したように朋哉に撫でたり摘まれたりするのが居たたまれない。

「棗、逃げるだろ」

「こんな状態で、逃げられ……る、か、馬鹿」

開かれた弱い場所の奥まで男の肉を嚙み込まされて、震える脚を開いているのに、手を解《ほど》かれたぐらいで、今さら何もできない。

「……うん。ごめん」

納得したのか、朋哉は素直に、手首からネクタイをほどいてくれた。きつめの結び目をほどく焦れったい時間も、ゆるゆると、棗を穿《うが》ちながら。

「もっと、来て。棗」

自由になった腕を巻き付けろと、朋哉が棗の腕を朋哉の首筋に回させた。なすがままに従っていると、背中を抱き起こされ、腰に腕を回され、ひどく密着した体勢で、朋哉は棗を揺すり始めた。

「――ん！　あ。……あ。――ああ……！」

じんじんと痺れるところを、朋哉の肉がこすってゆく。乳首を指先で捻《ねじ》られながら、そこを擦り上げられたとき、自分で信じられないくらい、いやらしい声が漏れてしまって、朋哉に快楽のありかを伝えてしまった。

うろたえる棗に、「続けて」と朋哉が声を引きずり出すようなキスをしてくる。朋哉の前で、こんな声を出すなど恥ずかしくてたまらないのに、キスで塞がれている間も、蕩《とろ》けた声は止まらなかった。

二人の下腹でもみくちゃになる棗の性器をこすりつけながら、たどたどしく湧き上がる苦痛まじりの快楽を、棗は必死に拾い集めようとした。そんな棗を哀れむように、朋哉の腕が棗の腰を抱き、自分のほうへと押しつけようとする。

「ひ」

あまりに奥を抉《えぐ》られて、引き攣《つ》る声が漏れる。すぐに宥《なだ》めるような口づけをされた。それも貪《むさぼ》るようになった。もう食事か、セックスかも判別できないほど、本能に近い行為だった。

「朋哉。汚れ、る」

快楽というより、漏れ出すような感覚があった。熱して痺れているのに、イけない。イけないのに切ない液体が先端から零《こぼ》れそうになるのがわかる。

「いい。汚せよ」

床に脱ぎ捨てた朋哉のスーツの上着を、口許《くちもと》に引き寄せながら泣き言めいた声で言う自分に、朋哉が囁く。

「あ。う……っ。あ――、ん……!」

自分で聞いてもいやらしい声だ。こんな声が出るとは思わなかったが、溢《あふ》れ出て仕方がない。朋哉に吸われて痺れた唇を、涎《よだれ》が濡らして床に滴る。こういう唇が漏らすにふさわしい声だった。

衣擦れは静かだが、いかにも交わる音で繰り返されていて、それも棗の理性を侵食してゆく。激しく揺すられて正気が壊れる。

短く切れた彼の呼吸の音を聞きながら、棗は達した。自分の知る絶頂とは違う、あまりピークのないゆるい快楽の山だ。

もしも朋哉と身体を重ねられたらと、戯れに想像したことはあった。自慰のおかずは大体それだ。

もしも、こんな風に朋哉が酔って、関係を持つ間違いが起こったら、そのときはラッキーと思って、貰い逃げしようと思っていたのに、

「棗……」

びりびりと震える棗の粘膜を、なお激しく朋哉が擦る。恋しい人にするように、粘膜を内側から塗りつけるような動きを繰り返した。

「棗、すごく、気持ちいい」

恋人みたいに、切なく囁かれ、抱きしめられながら中で出されたら、忘れられない。

棗は浅はかな自分の妄想を後悔した。痛みではなくて、切なさで泣いた。

「棗」

朋哉のセックスなど、知らなければよかった。手に入らないことを知っているのに、何で

こんなことしたんだろうと思うと、今はまだ朋哉の腕の中なのに、悲しくて堪《たま》らなくなった。

「好きだ、棗」

これは間違いだ。戯れだ。今女の名前を呼ぶのはマナー違反なだけだ。朋哉も自分も大人で、快楽目当てと割り切ることくらい知っている。

朝が来れば他人に戻れる。これは事故で、片想いは続行中だ。そんな考えは、今の自分に慰めで、刃《やいば》だった。朋哉の呼吸の向こうで、点《つ》きっぱなしのテレビが白い光を放っている。


秒針の音が聞こえている。

朋哉は物持ちがよく、デジタルや秒針が滑るように回る時計が主流の昨今、大学のときから使っている壁かけ時計を貼り付けたままだ。

車の音が遠くに聞こえている。

「……っ……」

今何時なのだろう。カーテンの向こうは真っ暗だ。

棗は床のラグの上で、のろのろと寝返りを打った。上半身と下半身が別のパーツでできているように下半身だけが重い。

シャツに軽く腕を通していて、下半身には夏布団をかけられている。頭ががんがん疼いていた。身体が驚いているのか、あるいは泣きすぎたせいかもしれない。

腰から下が、全部熱い。さっきのことが夢のようだった。繋がった場所も、心臓も、今にも熱で崩壊するのではないかと思うくらい熱くなって擦れ合う。舌も乳首も皮膚のないところを赤く染めて朋哉と繋がった。快楽を得るほど熱は上がり、脳を蝕《むしば》む。今も身体中で熱のなごりを纏った疼痛《とうつう》が響いている。

今、胸にあるのは、後悔だろうか恐怖だろうか。

少なくとも幸せな気持ちは少しもないと、愛の行為を終えたあとにしてはあまりに寂しい身体を棗はゆっくり起こした。たとえて言えば、自慰を終えたあとのティッシュの残骸《ざんがい》を見るより、遥《はる》かに気分は重い。

隣に朋哉が寝ている。

朋哉にどんな顔を見せればいいのか、完全に分からなくなっていた。

朋哉がどんなつもりで自分にこんなことをしたのか。

好きだと言われるはずもなく、このあと朋哉との関係をどう保てばいいのかも判断できない。

何も言えないし、答えられることもない。

棗は暗闇の中で、散らばっていたズボンや下着を引き寄せて、おざなりに身につけた。鎖骨の辺りや胸に、いくつもキスマークがある。隠すようにぎゅっとシャツの襟元を摑んだ。鞄の中の鍵を確かめ、立ち上がろうとしたときだ。

「……棗」

腕を摑まれ、棗は振り返った。

驚いたような、何か訊きたそうな顔で朋哉が自分を見ている。

「棗、俺」

「帰る、……から」

割りと普通の声が出たと、棗は安堵する。音は掠れてかさかさだったが、ショックが酷すぎるせいか、どんな感情も交じっていない。

「あの、棗」

「なに」

必死で何かを訴えようとした朋哉から、顔を逸《そ》らしながら棗は応えた。朋哉は、棗の腕を摑んだ手に力を込め、すがるような声で言う。

「酔ってて……ごめん……」

「……」

そうだろうな、とは思っていたが、案外ショックが大きかったことに、棗は驚く。

失恋のショックと酒。日ごろの親しさと遠慮のなさと自暴自棄と単純な性欲。そんなものが一気に混じって、行き場のない衝動が自分に注がれただけで、そこに愛とか特別さとか、そんなものがあるとは思ってはいなかったが、はっきり口にされると、自分だってさすがに無傷ではいられない。

「別に」

と言って棗は立ち上がった。立ち上がろうと力を込めた左脚が、がくん、と崩れそうになったが、必死で手をつくのを堪える。

「待って、棗、ごめん。送る」

「いらない」

引き止める朋哉を無視して、玄関に向かった。

「棗」

玄関辺りで、朋哉の声が聞こえたとき、堪えきれなくなった涙が、頬を掠ってフローリングに落ちたが、戻って拭《ふ》きとるような余裕はなかった。

もう一度呼ばれたような気がしたが、耳を塞ぐような気持ちで棗はドアを出た。

攣ったあとのように痛む左脚を庇《かば》いながら階段を降りて、通りに出る。よく掻き出したつもりの身体の奥から、熱いひと筋が流れるのがわかったが、棗の部屋は歩いてすぐそこだから、そのままにすることにした。

「……」

小雨が降っていた。

痺れと疼きでなにも考えられない頭を抱えて、棗はスマートフォンの画面を灯《とも》した。

白く発光する画面を、ぽつぽつと、水滴が叩く。

午前二時。夜中もいいところだ。

膝が笑っていた。少し足を引きずるようにして、泣きながら坂道を歩いた。上り坂ならしゃがみ込むところだった。

夜中の道だ。誰もいない。それだけが棗に優しいすべてだった。

まばらに肩に落ちかかる雨にも、朋哉から落ちてきた汗を思い出して、痛む身体が性懲りもなく欲情する。

失恋が終わってくれない。

いくら頑張っても、ほとぼりは冷めない。冷めた気がしたのに、いざ朋哉と向き合えば、こんな風に頭までどっぷりだ。

目の前に架空のラインが見える。実感としての理解が棗の理性に触れてくる。麻薬と同じだ。今、なんとかして戻らなければ、となけなしの正気が訴えてくる。これ以上、失恋の甘さに溺れ続けたら、本当に取り返しのつかないことになる。このまま朋哉の側にいたら、きっと自分は駄目になる——。

「だって、俺はアイツのコレクションにもなれないんだもんなぁ……」

これが答えだ。

笑うといっぱい涙が零れた。

思わせぶりに、恋の証《あかし》を置いてきたって、明日になったら「忘れ物だ」とつっかえされるのが、関の山だ。

帰り着く前に、二件メールが入った。

二件とも朋哉で、一つ目はとりあえずの謝罪。二つ目は「俺の声なんか聞きたくないと思うから」からはじまる、長いお詫びのメールだった。ビジネス風の立派なメールが来たなら、もう一度坂を駆け上って殴り倒してこようと思ったが、普段の朋哉らしくなく、本当に焦った支離滅裂の短い文章がいっぱい連ねられていて、涙と一緒に笑いが込みあげた。怒りが新たに増えることはなかった。本当にどうしようもない。

部屋に戻り、風呂を沸かして、何も考えずに身体を洗った。身体も髪も、かつてないほどおざなりに洗う。腕を上げるのも億劫《おっくう》だった。鏡に映るキスマークから目を逸らして、髪を乾かし、冷蔵庫に入れていた紙パックの麦茶をグラスに注いで飲んで、ベッドに入る。

頭の中が砂のようで、何も考えられないのは幸いだった。その分、目を閉じると身体に残る朋哉の感触が怖いくらい鮮やかで苦しんだ。息を殺して震えを堪えていたら、疲れに引きずられるまま、いつの間にか眠ってしまっていた。

翌日も、朋哉から謝罪のメールが来たが、返信はしなかった。

理由は勝手に推測しろと思った。怒っているかと言われればNOだし、あれが暴力だったかと問われれば、驚きはしたが合意だと思っていると答えるだろう。朋哉のことが嫌いになったかと訊かれれば、別に、と言うしかないし、今でも友だちだよな？　と問われたら即答できないほどには、ダメージは大きい。

毎日メールが来たけれど、三日放置したら四日目は来なかった。いつものパターンだ。自分が朋哉を知っているのと同様、彼も自分の喧嘩のパターンを知っている。ほとぼりが冷めるまで待つつもりだろう。しばらくしたら「飯、どう？」と遠慮がちなのか、素知らぬ風なのか分からないメールが来て、こっちも何となくなし崩しな気持ちのまま、少し気まずい気分で会い、互いの様子を窺いながらボチボチ喋って、店から出る頃には大体喧嘩の前に戻っている。苦笑いで「じゃあまた今度」と手を振って、次回から通常通りというのがこれまでのパターンだ。

今はこの空白がありがたかった。まだ朋哉にどんな顔を向ければいいか、何を言えばいいのか、棗自身、決めかねている。

翌日は熱が出た。会社にはなんとか出社できて、バイヤーにも改めて謝罪の電話をかけた。「また機会があったら」と言ってもらったが、具体的な約束は貰えなかった。当然のことだ。紹介してくれた宝飾デザイナーにも電話で謝った。

身体のダメージはつらく、体調が戻るまで一週間近くかかってしまった。一週間目の今日も何となく腰の辺りが重たいが、苦痛というほどではない。

棚の琥珀が減ったとリカりんから連絡が来ていた。さすがに誤魔化しきれそうになかったから、「風邪を引いている」と返信して待ってもらった。リカりんに、本当のことを打ち明けたのは、気分が平常を取り戻した昨日になってからだ。

店に行く約束を取り付けるついでに、朋哉と別れたと、リカりんに電話をかけた。付き合ってはいないが、これまでと違って、もうまったく無邪気な友だちにも戻れそうにないのだから、別れたという他にないのだろう。

――そんなときのオカマバーよ！　今すぐ来なさい。祝ってあげるから！

そんなふうに怒ってくれるリカりんが好きだった。店に行けば、酒で祝われて、「ほら見なさい、早く別れてればよかったでしょう」と罵られて、失恋記念にボトルの一本でも入れて行きなさいと強要されて、ボトルにラメマジックで失恋記念日を大きく書かれ、それがなくなる頃、「そろそろ出ていきなさいよ」と言われることまで何となく分かっていた。リカりんと電話で話して、少し笑って少し泣いた。本当に終わるんだなあ、と思うと、寂しさと安堵が今さら込みあげて堪らなかった。

明日ゆく約束をして、久しぶりに琥珀を揃《そろ》え、会社のあとにザ・ミモザへと向かう。

電車で三つ目の駅で乗り換えて二駅。最寄り駅は、裸電球に蛾《が》が集まるような、うらぶれた駅だ。

朋哉を好きになった頃、噂に聞くハッテンバというものを探した。二度と行けないほど遠くもなく、知り合いと会いそうなほど近くもなく、高くもなく、恐くなるほど安くもない店を探して、我ながらかわいそうなくらい必死でここに来たな、と大学の頃の自分を思い出して、棗は苦笑いをする。実際はオカマバーで搦《から》め捕《と》られ、説教を喰《く》らって、きれいな身体のまま帰宅した。

隣に併設されたタクシー屋の灯りを見ながら、右の脇道に入る。しばらく歩くと飲み屋街で、その奥の路地を曲がれば、いっそうネオンの色が怪しくなる小さな歓楽街がある。昔懐かしパイプ型のライトで「オカマバー　ザ・ミモザ」と書かれた看板が出ている。時々チカ！　チカ！　と光る威圧的なフラッシュに、当時は気圧《けお》されたものだった。

とりあえず笑おうと思っていた。「やっぱり駄目だった」と言って笑って、リカりんの楽しい罵倒《ばとう》を聞いて、少しやけ酒をして、笑って泣いて今度こそ終わりだ。

取っ手を握ると、ドア一面が電飾でギラギラ光る。この店らしい趣向に改めて懐かしさを感じながら、ドアを開けて中に入ったときだ。

「え……っ……？」

後ろから腕を摑まれて、棗は驚いて振り返った。

背の高い男が後ろに立っている。腕を摑んでいたのはその男だ。

さっきまで気配も何もなかったのにと、そんなにぼんやりしていた自分にびっくりしなが

BAR
KITTY
CAT

ら、とりあえずその男に道を譲ろうとして、棗は呆然と目を見張った。

「み……宮田さん？」

大阪のマンションを契約してくれた宮田だ。

宮田がなんでここに、と問う前に宮田に訊かれた。

「今野さん、そうだったの？」

「そ、そう、って？」

問い返したとき、ザ・ミモザの看板が目に入る。思い切りオカマバーと書いてある。

「違います。たまたま……」

こんな通りをこんな時間にたまたま通りかかるはずなどないが、棗は言葉を濁した。ここの常連兼卸業者だと言えばつきまとわれそうだ。

「あの」

「時間ありますよね？　今野さん」

「え？　あっ、いや」

腕を摑んだまま、背中を押すようにして今野は自分を連れて店に入った。チーママのクララちゃんがびっくりした目でこっちを見ている。宮田は気軽な声でクララちゃんに訊いた。

「ゴメン。ゲイだけどいいかな」

「――……いいわよ？　どうぞ、いらっしゃいませ」

クララちゃんは一瞬黙ったあとそう言った。店の決まりで、ゲイは来てもいいが、ゲイカップルは断っている。ＯＫが出たのは棗がいたからだろう。その状況に慌てたせいで、聞き流したことがある。「ゲイだけど」と宮田は言ったが、本当なのか方便なのか。

「いらっしゃい。いい男ね」

「どうも。こんなところで美人に出会えるなんて思わなかった」

蒸しタオルを広げる店の女の子に、宮田は男前の顔立ちで笑いかけている。

「目立たない席を用意してもらえるかな」

すごく慣れた様子だ。バーになのかオカマになのかは分からない。

カウンターの前には着飾った、営業モードのリカりんがいた。戸惑う棗より先に声をかけたのはやはり宮田だ。

「ごめんね、あなたがママ？」

「そう。里香《りか》って言うの」

おもしろくなさそうな顔を見せながら、リカりんは、相変わらずの美しさで、ぱっと煙草の煙を吐いた。

「店の前で口説きたい人に会ったんだ。いいかな」

人なつこそうな笑顔で、恐ろしいことをさらりと言う宮田に、さすがのリカりんも呆《あき》れた顔をした。

広い肩を上げてリカりんは面倒くさそうに言う。

「いやだわ。本当に節操なしね。ゆっくりしていってもいいけど、あんまり当てつけるようなことしないでね」

リカりんは棗をちらりと見たが、知らん顔をするつもりのようだ。言い訳をしたかったが、宮田が食えないのはすぐに分かった。ここは適当に話をして、できるだけ早く店を出たほうがいいのだろう。リカりんに言い訳をするのはあとだ。

「座ろうか、今野さん」

「こんなこと、迷惑です。仕事のときは、助けてもらったけど」

宮田は大切な客で、助けて貰った恩義も感じている。でもそれとこれとは別だと思った。

「分かってるよ、ごめんね」

カウンターの端に棗を座らせ、宮田は隣に腰を下ろした。バーテンダーは楠木《くすのき》という初老の男性だ。色物バーにいるのが勿体《もったい》ないくらい腕がいいというのが、リカりんの評価だった。

新しいおしぼりと引き換えに宮田がオーダーする。

「さっぱりした感じのカクテルふたつ。辛くないのを。ロングで」

「少し甘めでいいですか？　ラスベリーとアールグレイ」

「うん」

楠木はリカりんよりさらに徹底していて、棗にすましした顔で「いらっしゃいませ」と言って、まったく一見《いちげん》扱いだった。

宮田は、先に出されたオリーブを摘まみながら言った。

「今野さんに会いたかったんです。連絡取ったけど、電話貰えなくて」

「すみません。お礼の伝言は伝えたつもりだったんですが、直接はご迷惑かなと」

ＤＭのコメント欄にも、棗の名前でメッセージを書いた。「先日はお世話になりました。ご契約ありがとうございます」という当たり障りのない一言だ。

「下心があったんです。今野さん、かわいいな、と思って……。いや、男性にそういうのは失礼ですね。お客さんに誠実にしようとしてるところとか、表情少なめなのに、時々すごくほっとした表情で笑うところとか、いいなって思って」

「あの、宮田さん」

だから友だちになりたいとかではなくて、恋愛対象として見られていたということだろうか。さっきゲイだといったのも、店に対するアピール以外、棗に宣言したつもりだったのだろうか。……というか、本当に宮田はゲイなのか。

戸惑う棗に、宮田は普通の声音で続ける。

「けっこうしつこくしたんですけど、ガード固いっていうかなかなか連絡もらえないし、俺、内覧の日に余計なことしたかな、って思ったけどああしないと今野さん、もっと困ってたはずだし」

「それは、本当に助かったと思っています。でもこれ以上ご迷惑をおかけするのは……」

言いかけたら、宮田が独り言のような一言で棗の声に割り込んだ。

「もっと困らせてから、助ければよかったかなとか」

「……」

どす黒い。

宮田という人は、優しそうな風体でいて食えないというか、若干恐い人の領域だ。

仕事ができるんだろうな、と、他人事《ひとごと》のように感心しながら、息を詰めていると本当に世間話のノリで、宮田は続きを話す。

「それで、もう直接会いに行こうと思って、会社に行ったら、ちょうど今野さんが出てくるところだったんです。なので付いてきたらこんな店だし」

そうだったんだ、と笑って聞き流していいことなのかどうか。返事もできない棗の口から思わず本音が零れる。

「ストーカー……」

冷静に考えればそうだ。たまたまザ・ミモザの前に居合わせたとしたらおかしすぎる。距離を取って跡をつけてきて、棗がこの店に入ることを確信してから、店の前で摑まえたのだ。

突然現れた気がしたのも納得がいった。そもそも会社の前で偶然見かけたというのも、本当か嘘か分からない。

驚く棗に宮田は照れ笑いをした。

「そういえばそうなるな」

自分でびっくりしたような顔で宮田は言うが、自覚は早くしてほしい。

「こういう店の前で摑まえておいて、今さらカミングアウトもなにもないんですけど、そういう意味で、今野さんのことが、好きだなあ、って思って」

棗を戸惑わせることをぽんぽん吐いたあと、宮田は棗を見た。

「今野さんも、ゲイなんですか？」

「あ、いや、あの」

一週間前に初体験を済ませた初心者で、今は片想いさえ失って、これから自分はどうなればいいのか、まさに迷っている真っ最中で、失恋の報告をしにオカマバーにやって来たところに、そんなことを問いただされても棗には応えようがない。

「それともまさか、今野さんも……」

「それはないです」

宮田が店内を見回すのに、女性の格好に憧《あこが》れるとか、女性の心に近いというわけではないと、とっさに否定した。

宮田は棗を不思議そうに見つめたあと、落としどころを提案してきた。

「まあ、理解はあると思ってもいいですよね？」

「それは……まあ」

オカマバーに入ろうとしたところを摑まえられて、性差別もなにもあったものではないと思うが、見上げた説得上手だと、やはり変なところで感心した。押しが強いが、突き倒されるというより、突き倒されまいと前のめりになったところに身をかわされて、棗自ら転んでいるというか。

シェイカーの音が途絶える。すぐに目の前に、きれいな夕日色のグラスが置かれた。

「どうぞ」

と言って、宮田は先にグラスに手を伸ばす。金は自分で払おうと強く決心しながら、棗もグラスを取って口をつけた。驚きで渇いた口に甘めのカクテルがおいしい。

どうしよう、と、考えながら横目で宮田を窺う。宮田はグラスを手にしたまま、じっとカウンターを見つめながら言った。

「誤解のないように言っときますけど、人のあと尾《つ》けたのなんて初めてです。途中で何度も声をかけようって思ったんですけど、なんか……、できなくて」

緊張した感じの横顔を見せて、宮田は俯いていた。酒も呑んでいないのに頬がほんのり赤いのがわかる。

「どうしても、今野さんと話したかった。こういうのは初めてで、初めは、本当にちゃんと、普通に連絡しようと思ってたんです。それが駄目だったから、どうしようもなくて」

いかにも賢そうな宮田が、一生懸命に言い訳をしようとしている姿が意外だった。宮田の言うことが嘘だと、なぜか棗は思わなかった。契約の件にかこつけて、宮田が丁寧に連絡を取ろうとしていたのも知っている。

思いつめての行為というのはよくわかったが、それにしたって仕草の隅々までスマートな宮田が、ストーカーまがいのことをするとは思わなかったというのが正直なところだ。

棗は戸惑いながらグラスについた水滴に指で触れた。

「宮田さんが、そういうタイプだと思いませんでした。なんか、いつだって冷静に見えたから。助けて貰ったときも」

棗が言うと、宮田がほっとした笑いを漏らした。営業向きの性格というより、元々人なつっこいのかもしれない。

「あのとき、格好つけられてよかったなって、ちょっと自己満入ってました。冷静に見えましたか？」

「ええ、まあ」

「殴り合いになったら会社がやばいな、ってけっこう焦ってたんですけど、大事にならなくてよかった」

答えると、何だか釣られて棗も笑ってしまった。それを見つめながら宮田が心配そうに訊く。

「あれからあの人、何も言ってきませんでしたか？」

「はい。宮田さんがしっかり釘を刺してくれたから、クレームとか無茶な言いがかりとかはありませんでした。もう一つのお部屋を契約していただいたんです。ですが、階段を挟んで通路が別ですから、普段は会わないと思います」

あの難癖の小林《こばやし》は、あれから数日後、何食わぬ顔で契約を申し込んできた。こちらの社長も慣れたもので、敷金礼金の端数を負けると先に申し出て、まんまと機嫌良く契約を取り付けたそうだ。一件落着だった。

「そうですか。よかった。あの、それで、今野さん」

「はい」

「よかったらまた、別の場所で会ってくれませんか。今野さんがゲイじゃないなら、話だけでいいから。俺はゲイだけど、普通に飯食ったり話したりするぶんには、ノーマルと変わらないと思うんです」

「宮田さん」

「すみません、今野さんの携帯電話番号《けいばん》もらえますか？　名刺には会社の電話番号しかありませんでした」

「……」

用があったら、会社にかけてほしいと言うべきかもしれないと思ったが、宮田がこんなにはっきり個人的に会いたいと言っているのに、会社にかけられたらそれも困る。

「わかりました。仕事中は出ませんし、俺は、電話で雑談をするタイプじゃありません」

そう断って、棗はポケットからスマートフォンを取り出した。赤外線の画面を出す。棗個人のスマートフォンだが、石の仕事のために不特定多数がこのアドレスを知っている。トラブルが起これば、最悪、捨てられる番号だ。宮田に知られても特に問題はない。

「わかりました。気をつけます」

そう言って宮田もスマートフォンを出した。アドレス交換をしたあと、宮田はすぐに立ち上がった。

財布から数枚の札を抜き、カウンターに置く。

「宮田さん、ここは俺が払い……」

「それじゃまた、連絡します。帰り、一人で大丈夫ですか？」

「あ、うん。でも」

「じゃあ。おやすみなさい。お邪魔しました」

なし崩しに次に会う約束をしたような雰囲気のまま、宮田は止める間もなく、店を出ていく。ヤバイと思ったが間に合わない。

すぐに電話をして、会う気はないと言ったほうがいいのか迷っていると、後ろから低い声がした。

「な〜つ〜め〜ちゃー……ん」

ニヤニヤ顔のリカりんだ。

「失恋パーティーに、なぁに新しい男連れてきてんのよ！」

「うえ！」

急に両頬を指で摘まんでのばされ、棗は変な声を出した。会話の様子で、あれが朋哉ではないと分かったらしい。

「ち……違うよ、リカりん。偶然会った人で……」

「初対面なの？」

真正面から近い距離で睨《にら》まれる。頬を伸ばされたまま、棗は応えた。

「違うけど……」

「ゲイだってよ、ママ。さっきの人」

すかさずクララちゃんが告げ口をする。

† † †

宮田は時々、棗の会社から駅へ向かう途中にある喫茶店にいる。

また今日ももしかして、と、喫茶店の前を通りがかりに、ガラスの中を窺うと、宮田が小さく手を上げるのが見えた。

棗は立ち止まって、宮田が店から出てくるのを待った。宮田が、仕事の鞄を片手にスーツ姿で自動ドアから出てくる。棗は困り顔で言った。

「電話してくれればいいのに」

何度言っても宮田は電話をしてこない。

「俺が勝手に待ってるだけですから。待ちたいに日に待って、帰りたい時間になったら勝手に帰ります。棗さんは気にしないでいいですよ」

「気になるよ」

「ふふ、儲《もう》けものだ」

棗の迷惑顔も何のそのだ。宮田は明るい。

初めてのときは、後ろから急に声をかけられて驚いた。どこから来たのかと宮田に訊くが教えてくれない。何度目かにあの喫茶店の中で、通勤途中の棗が通りかかるのを見ているこ とに気がついた。

宮田が今住んでいるところは、ここから二駅向こうの街だ。棗の通勤経路と逆方向だった。会社の帰りに途中で降りて、あの喫茶店にいる。毎日でないのが質《たち》が悪い。宮田がいるかもしれないと思うと夕方になるとそわそわした。いると歯がゆいような気分になり、いないとホッとすると同時に、寂しい気分にもなる。

待っている日は電話をかけてくれたら、できるだけ早めに行くから、と言っても宮田は電話をかけてこない。

「棗さん、今日、飯大丈夫ですか？　中華イケます？　イカスミの皿うどんが旨《うま》い店があって、見た目ちょっと引くんですけど、意外な味がするんですよ」

「黒いの？　麺《めん》が？」

会うなりいきなりそんなことを切り出す宮田の隣を歩きながら訊く。食事に行くのももう何度目だろうか。

宮田は、狡猾《こうかつ》だが色々きちんとわきまえていて、信頼できる人間だった。棗のことを訊きたがるが、不快なところまで踏み込んでくることはない。「聞きたい」と棗に伝えて、棗が話す気になるのを待ってくれるような人だ。

そんな宮田に「ザ・ミモザ」のことを話した。訪れたきっかけは伏せたが、リカりんと親しくて、あの店に琥珀の棚を置かせて貰っていると打ち明けた。本業は不動産屋、趣味で石屋ということも話した。宮田は納得し「あの晩、棗さんがあの店に入る経緯を、延々考えましたよ」と笑っていた。そして、

――歳《とし》を取ったとき、自分の中に好きなことがある人って憧れます。

そんなふうに褒められたのも初めてだった。サラリーマンのまま定年を迎えると、自分の中に何も残らなそうで不安になると、棗の心細い石への情熱を羨《うらや》ましがってくれた。

「いや。あんかけが。イカの味かと思ったらそうでもなくて……」

今度の店はそこかな、と思いながら、ふと顔を上げて、こっちに歩いてくる人影に気づいた。

スーツ姿の高い影。隣にブランドのロゴが入った紙袋を提げた女性がいる。かわいらしい雰囲気の、いかにもOLのような感じの女性で、二人で道を歩いているだけにしては、肩の近さがただの知人ではないことを示している。

向こうの男が——朋哉が棗に気づいた。

棗は、声をかけないでほしいと、目を逸らすことで朋哉に意思を示した。

「……棗さん?」

「あ、ああ、ごめん。中華はすごく好き。宮田さんは面白い店をいっぱい知ってるんですね」

歩調を緩めた棗を、宮田が怪訝に見る。棗は、元の速さで歩きながら、視線を宮田だけに集中させながら笑顔で言った。

不思議なことでも何でもない。この道は二人とも通勤路だ。

朋哉は会社に戻るところのようだった。

このままでは擦れ違う。だんだん距離が近くなってくるのに、心臓の音が大きくなってくる。

宮田がいなければさりげなく路地に入りたいところだが、宮田に朋哉の話はできない。朋哉に対しても、余り露骨な逃げ方を見せるのは嫌だった。自分に恋をしているという宮田に、朋哉との関係を知られたくないというのではない。宮田にまだ自分も男を好きになるのだと打ち明けていないのに、朋哉と身体を重ねたことを話せば、打ち明け話がものすごく複雑になる。自分自身、色んなことを決めかねる棗を見せれば、つけいってくださいと言っているようなものだ。今優しくされたら、崩れない自信がない。でも宮田を恋愛相手として見ていいかどうかも決めていない。

「……っ……」

背中が湿った感じがするくらい緊張した。腕の毛が逆立っているのがわかる。

宮田の話に、上の空で相づちを打つのがやっとで、話の内容が何も頭に入らない。

顔が見えるくらい近くになって、もう伏せた視線を上げられなかった。

人なつっこい朋哉だ。何かを言われたらどうしようと思ったが、声が届く距離になっても朋哉の声が聞こえなかった。

宮田の側に身体半分近寄って、朋哉と擦れ違う。伏せた目に、スーツの端とよく磨かれた靴が映った。

「あのね、朋哉くん、私、あの映画ね――……」

擦れ違うとき、やわらかく丸い彼女の声が、一瞬耳に焼きついてゆく。

「……知り合い？」

優しい声で棗に尋ねたあと、怪訝そうな顔で宮田が振り返ろうとする。引き止めるような声を棗は出した。

「よく似た人だったみたい」

聡《さと》い宮田を誤魔化すのは無理だ。何でもないと言うのは不自然だったから、棗はそう答えた。

恋人になりたかった人。いっそ本当の親友だけになってしまいたかった人。そのどれもを自分に許さなかった人。

自分が望んだ朋哉とは、限りなく近くて違う人だ。

強《こわ》ばった声になった棗を、宮田はじっと眺め下ろしたが、素知らぬ風な声で続けた。

「ああ、それとね。中華屋もいいけどお気に入りがあって」

わざとらしいくらいおっとりした声だ。おかしいと思ったはずなのに、宮田は何も訊いてこない。見ないふりをしてやると言ってくれているのがわかった。崩れるなら崩れてもいいという、緩やかなスペースを作ってくれる。

「リゾットが旨い、落ち着いた感じの店。今夜はそこで、どうですか」

泣きたくなるくらい、棗をあやすのが上手い人だ。

宮田が連れていってくれた店は、赤い照明と黒い格子が鮮やかな、カフェともレストランとも言えない雰囲気の店だった。ゆったりした籐《とう》の椅子に、黒塗りの円卓。リゾット専門店らしく、デザートが充実している。なのにカルパッチョと酒もやたらメニューが多かった。

「俺ね、こういうとこ来るときは、今まで女の子、誘ってたんですよ」

「確かに来にくいかも」

鯛《たい》と卵のリゾットを輪島塗の細いスプーンで掬《すく》いながら棗は苦笑いをした。

確かに男一人では入りにくい店だ。小さめのグラスに入った酒は「呑む」というには物足りないから宴会向きではない。男二人というのもおかしな雰囲気だが、確かに男だからという理由だけで、このメニューは捨てがたい。病み上がりに猛烈な効果を振るってくれそうな店だ。魚介、チーズ、茸《きのこ》類。全制覇したくなりそうなラインナップだ。味もいい。

「でもここの料理は食いたいけど、別に女の子と居たいわけじゃないでしょう。二人でいたらそれなりに気を使うし、三人以上だと騒がしすぎて、食べた気にならない」

以前朋哉が同じようなことをボヤいていた気がする。女性を喜ばせることに興味がない宮田と違って、朋哉は、女性と二人きりで食事に行って、気があると誤解されたら困るという理由だった。

朋哉はこの店を知っていそうだな、と棗は思った。さっき擦れちがった女性が、今の朋哉の彼女のようだ。一緒にここに来たことがあるだろうか。何の映画の話だったのだろう。

「気に入りましたか？」

ぼんやりしかけたところに話しかけられて、棗は急いで笑顔を作った。

「うん。すごくおいしい」

「そう、よかった」

羊の焼きリゾットをフォークで崩しながら、棗の目を見ないまま、宮田が言う。

「飯って、セックスしたいと思う相手と食うと旨いでしょ」

「え」

「今度、うちに来ませんか。何もしませんから」

危うい縁を撫でるような会話をする宮田に、戸惑わされるのを、最近少し棗は楽しみにしている。

「でももうすぐ引っ越すんですよね」

それを知っているから、こうして気を許して宮田に付き合っているという理由もある。

「そうですね。だからそれまでに一度。できればキッチンを片付ける前に」

ゆるやかに追い詰められるのを楽しむことを、最近、棗は自分自身に許していた。

引っ越す前に一度、宮田の部屋を訪れるという、ゆるい約束をしてその日は別れた。

宮田が払うと言うから、割り勘でないともう来ない、と言った。それでも払うと言うから、レジに大体自分が食べた分くらいの金を払って店を先に出た。

外で待っていると、ゆっくり歩いて出てきた宮田が棗の隣に並びながら「うちの母親みたいだ」と言って笑った。何となく恥ずかしくなったが、給料は間違いなく宮田のほうがよさそうでも、たとえ宮田がふたつ年上でも、理由もないのにそんなに何度も宮田に奢らせるわけにはいかない。

そう訴えると、宮田はひどく切ない苦笑いをして答えた。

――他にあなたを可愛がる方法がない。

恋愛もせず、身体で触れあうこともしない。自分に食事をさせると満足するのだという、棗に迷惑をかけない宮田の不思議な欲求ぐらい満たしてほしいと宮田は言うのだが、やはりそれも心苦しい。

宮田にはまだ、自分の恋愛について話していない。

宮田の側は居心地がよかった。宮田の誠実を裏切り続けている気がして、だんだん辛くなっているのも正直なところだ。

自分が朋哉を好きなことを話して、恋が叶《かな》う見込みがないことも伝えて、その上で宮田の気持ちを聞き直すのがいいのだろうか。それとも変な期待を煽ってしまうだろうか。自分は宮田を好きになれるのだろうか。

「わかんねえ……」

棗は帰ったままの姿で、ソファの前に倒れていた。

宮田は多分、恋人として最高なのだろうと思う。優しいし、思いやりもあるし、棗の傷も認めてくれて、治るのを一緒に待ってくれそうな人だ。

でも宮田に優しくされると寂しくなるのだ。自分がひどくかわいそうな人のように思えて仕方がない。その理由もわからない。

朋哉以外を好きになったことがない。だから慣れないだけだろうか。宮田の側にいれば、いつか宮田を好きになって、優しい宮田と、穏やかな生活を送れるようになるのだろうか。

テレビもつけずに寝っ転がっていると、メールの着信があった。朋哉だった。

件名なしの、短いメールだ。

――棗、まだ怒ってる？

「そうでもないけど忙しい」と返した。すぐに返信が来る。

――今日の人、仕事相手？

だったらなんだ、と思いながら、「そう」と打ち、「そっちは彼女？　頑張れよ」と付け足してメールを返す。

すぐに送信済みになる表示を見届けたと同時に撃沈する。

気持ちがぐらぐらだ。こんな自分に優しくない、くだらないメールだけでこんなに胸が痛い。

失恋は中毒になるのだとリカりんが言っていた。

宮田という、特効薬もなかなか効いてくれない。


棗が勤める不動産会社、株式会社弓愛《きゅうあい》ライフは役員三人、事務員一人、外部営業三人、内勤営業に棗を置いた小さな会社だ。株式会社を名乗っているが、大きな会社の子会社で、すべて役員出資の実質個人企業だった。

外回りは営業に任せ、社長と棗で接客している。店内の管理と印刷物やホームページ、来客と、店が担当する物件の管理が棗の仕事だ。

店内は、防犯が心細い、入り口から全部見渡せる平たい仕様で、なぜか時々宅配便屋と間違えられる。

カウンター側のパソコンからデータを入力していた棗は、警察から頼まれて置いてある、カウンターの隅のパンフレットに目を止めた。誰も手に取る当てのなさそうなパンフレットだ。うっすら埃《ほこり》が溜《た》まっている。腕を伸ばして、四隅が捲《めく》れ上がった一番上の冊子を、一冊手に取った。拭いて戻すほどもない。捨てようと思ったとき、パンフの前面に「中毒」「依存症」という文字が見えて棗は思わず冊子の表面を眺めた。

——一度だけ。もう一度だけ。そうして薬はあなたを蝕んでゆきます。

――試さない、受け入れない、繰り返さない。

薬物使用の危険性を啓蒙するパンフレットだ。捲ってみると、興味本位で薬物に手を出した若者が、いかに不幸になるかがイラスト入りで書かれている。

見開きの右には対処方法がある。

「誰かに相談する」リカりんにはした。「通報する」自分の場合、馬鹿かと追い返されるのがオチだ。「病院に相談する」草津の湯でも治らないらしい。「原因になるものを今すぐやめる」――。

「……」

中毒とか依存症というものなら、まずは原因物質を絶つべきだと書いてあった。

ニコチンパッチでも貼ってみるか、と棗はため息を吐く。恋愛に効くかどうかは知らないけれど――。

「今野くん、どしたの」

真剣にパンフレットを読んでいたら、向こうの机で社長が心配そうな声を出した。

「誰か心あたりがある？」

社長の視線がパンフと棗を見比べる。契約者の誰かではないかと思ったのか、心なしか前のめりだ。

「……いえ。うちのパンフの参考にできないかと思って」

「そんなベタにファミリーな雰囲気は、若い人にウケないだろう」

適当に誤魔化した棗の言葉に、社長から残念そうな声が出る。

棗はよれたパンフレットをゴミ箱に捨て、決済の下りた物件を、ホームページに掲載するためのデータに起こす仕事を再開した。

今は辛くても、一生このままではないはずだ。

原因物質を絶つ。失恋中毒と言っても、自分の場合は簡単だ。原因は朋哉だ。会わなければいい。疎遠になる原因はあるし、今までが近しすぎただけだ。

そう思う途端に恋しいと訴える心を抑えつけ、棗は机の上に回って来ていた書類をファイルから出した。賃貸に出したいと申し込みがあった物件の資料だ。早めにデータにしてホームページにアップしなければならない。

「……」

そろそろ転勤時期も終わりだ。これから先は駆け込みとなる。こういうときに限っていい物件が上がってくるのだから、先月契約をした人は気の毒かもしれない。

そんなことを思いながら、書類の様子をぱらぱら捲ってみていた棗は、途中で何となく指を止めた。

３ＬＫの物件だった。今の場所から二駅離れて、駅からも少し歩くが、家賃が同じで二部屋も多く、リビングもある。

寝室に一部屋、石の部屋に一部屋、リビングとキッチン。残りの一部屋は琥珀以外の石の棚でも詰め込もうか。

棗の希望が十分叶う。書類をよく見ると、裏通りから直通のバスが出ている。方角は今の部屋と反対方向だ。

朋哉と会わずに済むかな。

そう思うと余計いいような気がしてくる。

棗はその物件書類を一番最後に回し、上の書類から打ち込み始めた。情報はUPするが募集開始は来週からだ。それによく考えたら、今の部屋も来月あたり契約更新の時期が来る。

「……」

失恋の神さまに、引っ越せと言われているような気がする。いや、真っ当な恋の神さまにだろうか。

考えながらキーボードでデータを入力していると、ポケットでスマートフォンが震えた。メールのようだ。何だろう、と取り出して送信者名を見ると、――この間、会えなかったバイヤーからだ。

「あ」

思わず声を出してしまって、社長にちらりと睨まれた。

「馬券でも当たったのかい」

「いえ、すみません」

すぐにスマートフォンをポケットにしまい、またデータ入力の作業に取りかかった。

――今日、用事でそちらに行くことになりました。夕方なら空いていますが、まだ石は必要ですか？

二度目のチャンスだ。逃す手はない。

昼休みになるのを待ちかねるようにして、是非会いたいと電話をかけた。この間ほどの数は揃わないが見るだけでもどうか、と言われて是非に、と願った。

夕食を取る時間はないと言われた。駅の近くの、夜は料亭になる店の座敷を借りて、甘味で持て成すことにした。

夕方、無事に彼と合流することができて、先日のことを謝った。

「いや、無事でよかった。中村《なかむら》くんから真面目な人だと聞いていたから、気まぐれじゃないだろうとは思ってたんだけど」

バイヤーは、川瀬《かわせ》という名で、歳はもうすぐ六十歳だというが年齢よりもずいぶん若々しく見える人だ。白髪が多い髪は、短くしていて、おしゃれな帽子を被っている。顎髭《あごひげ》があり、まん丸のサングラスをかけていた。よく日に焼けた締まった身体付きだ。生命力とかバイタリティーが目に見えそうだ。なるほどこれが世界中を飛び回るバイヤーかと、感心するような人だった。

「本当に申し訳ありませんでした」

気まぐれなどではないが、限りなくプライベートな理由だ。心底謝る気持ちは変わりなかったが、許してもらえるようでほんとうによかった。取り成してくれたデザイナーの中村にも、ここに来る前に電話をした。よかったね、と言ってくれた。

甘いものは好きだと言うから、抹茶のセットを出してもらった。一口大の和菓子やケーキが、宝石箱のように漆の黒盆にちりばめられて出てくる。

四角く切られたキンカンの寒天を見て、「方解石みたいだね」と彼は笑い、和菓子の話を少しした。

そしてお待ちかねの琥珀だ。

「今時の、若い人は『色々』って言って来るんだけど、琥珀メインの人って珍しくてね」

あらかじめクッションが仕込まれているアタッシュケースを開けると、いきなり剝《む》き出しの琥珀が入っている。

「わ……!」

まず色鮮やかさに、声が出た。切れ込みの入った黒いクッションの上に大小二十個ほどの琥珀が並んでいる。

赤、青、金色、緑、紫。

琥珀と言えば琥珀色と思われがちだし、変化と言っても赤系統と思われることが多いが、本当にいろいろな色がある。特に碧《あお》いブルーアンバーはドミニカ産に限定され、しかも自然光でここまで青く発色する琥珀は見たことがない。

「個人って言ってたから、あんまり大きいのとか高いのは持ってきてないんだ。そのままルースで扱えるようなものがいいと思ってね。大きな原石なんかはまた機会があればお見せするけど」

「今日は、十分です……！」

あまりの見事さに声がうわずる。

棗は布手袋を右手に塡《は》めて、勧められるまま琥珀をひとつ手に取った。琥珀は皮脂に弱いわけではないが指紋をつけないのはマナーだ。

スタンダードな琥珀だった。長細い丸で、蜂蜜を固めたような金色が美しい。

「うちのお値段は相場だけど、品質がいいから国内の相場と比べたら結果的にいい品になると思うよ」

磨く前のブルーアンバー。グラデーションがすごいバーボンは、上部はほとんど透明なのに底は濃い飴色だ。色の切れ目もない。

「そっちの羽毛入りの琥珀。大学が欲しいって言ったんだけど、大学に譲ると標本箱にしまっちゃうから嫌だなあ、と思って。ちょっと高いけど、展示会では非売品の部類だよ」

ちなみに、と、値段を聞くと、予算を軽くオーバーだった。所持金が足りないのもあるが、それを買っても買い手が付かない。

棗は、リカりんからオーダーのあった、一番金色に近い「甘そうな」琥珀と、捻れた形の虫入りバーボンを選んだ。いかにも琥珀色をした透明度が高い琥珀を二点、残金と比べると、あとふたつほどは買えそうだ。

「今野くんは、含有物《インクルージョン》は好みじゃない？」

今回は初日だからと、できるだけスタンダードな琥珀ばかりを選んだ棗に、川瀬がケースの隅の琥珀を指さした。

輝きが控えめな琥珀だった。自己主張が強い石ばかりが並ぶケースの中で、つい見過ごしそうになってしまった一点だ。

丸い小さめの球形で、色はかなり赤に近い。

「泡に見える所をよく見てみて？　水入りなんだよ」

言われてよく見ると、琥珀の中に水滴が浮かんでいる。二億年以上前の水だ。しかも下の方にはグリッターと呼ばれる小さなひびが細やかに入っていて、夕日に光る海面のようだった。

優しい茜《あかね》の空。きらきら光る海面と、潮の雫《しずく》。夕暮れの手前。透きとおる金色。残った陽射しを波がはじいて、水の上できらきら音がしそうな夕暮れの石。

「あ――……」

探していたのは、こんな琥珀だったと、胸を摑まれたような気分になった。朋哉が琥珀のようだと言った夕焼けと、海を閉じ込めたような一粒。あの日に閉じ込められたような自分の心と同じ結晶が欲しいと、ずっと思っていた。

これが自分が琥珀を集めていた理由かもしれない。

今、手の中にある琥珀は、まさに棗のために用意されたような一滴だった。本当に運命の宝石があるというなら、これでしかないと思う石だ。

「しかも、それね――……」

川瀬に値段を聞いてさらに驚いた。

「きれいだけど、含有物が入りすぎてるから安いんだ。でもアクセサリーに加工すると人気があると思う。中村くんは欲しがりそうだけどね」

手持ちの金は足りる、というかそんな値段でいいのかと思うくらいだ。

探していた琥珀はこれだ。でも、今さらこれを手に入れても、どうしようもない。思い出にもならない。形にして目の前にあったら余計苦しくなってしまうだろう。自分はあのときの恋を忘れようと藻掻いているのだ。中毒から抜け出そうと必死だった。

棗は理想の琥珀の前で少し悩んで首を振った。

「すみません、これは、いいです」

「そう？　いい琥珀なんだけど、好みがあるからね。赤いのは嫌い？　じゃあこっちの琥珀はどうだろう。太陽光だけでけっこう碧い」

「ああ、それは素敵ですね」

この琥珀を買ったって、朋哉は手に入らない。

あんなに探していたくせに、いざ目の前にしてみると、急に醒《さ》めてしまった。自分が欲しかったのは琥珀ではなく、朋哉だったのだと今さら思い知る。

それを差し引いてもきれいな琥珀だった。でも買って帰っても、誰かに売ることは多分できない。見送ることにした。わりとすんなり諦《あきら》められた。

結局、棗は予算いっぱいの、五点の琥珀を購入した。端数が足りなかったから振り込むと言ったのだが、中村の紹介だから、今回はいいとまで川瀬は言ってくれた。


そういえば、と、帰りの夜道で棗は思い出したことがある。

朋哉が振られた日、朋哉を振った彼女が残した髪どめを貰い忘れたことだ。

朋哉のことだ、もう捨てただろうな、と思いながら自分のアパートの鍵を開け、中に入る。

コレクター――収集家と呼ばれる人は無数にいて、それぞれ方法やこだわりはあるけれど、根本から大きく分けると二種類に分けられる。この世に存在する膨大な品数の中のうちから、なるべく多くの数を集めようとする人と、数が少なくても多くても、存在する物を頭からすべて集めようとする人だ。後者はコンプリート魔と呼ばれたりもする。

地上の石をすべて集めるというのは地球を買うようなものだから前者として、朋哉の失恋コレクションは後者だ。後者は全部コレクションできると思うからやる気が起きるわけで、もう二度と埋まらない空白が生まれてしまうなら途端にやる気が削《そ》がれてしまう。

部屋の灯りを灯しながら奥に進み、石の部屋に入って、購入してきた琥珀が入ったバッグを机の上に置いた。

それらを開封する前に、机の抽斗を開ける。

女性の小物が丁寧に詰まった抽斗だ。

手に入れられなかった分、マス目を空けるか、それとも次回、手に入ったら空いたところから詰めるか。

「……」

そもそもコレクションは終わりかもしれないのに、と思いながら、鑑定前の石を入れるクッション入りの籐の籠《かご》を引き寄せ、バッグから取り出した、エアクッションに包んだ琥珀をそっと収める。

鑑定は、川瀬の解説を受けながら丁寧に行なってきたから、改めて棗一人で鑑定しなおす必要はない。加工に出すか、誰に譲るか決まるまで、自分が保管し、目を磨くために眺めるだけだ。

どこにしまおうか、と思いながら机の前を離れ、壁際にある保管のための抽斗を開けてみる。

前に、石屋の閉店のときに買い付けをした品物のせいで抽斗がいっぱいだ。

新しい抽斗を買わなきゃと思ったとき、ふと朋哉の失恋コレクションの抽斗に目が行った。

あの抽斗の中のものを捨ててしまえば、新しい石が何十個か収まる。

思い当たったはいいが、何となく失恋コレクションを捨ててしまうのが惜しくなってしまって、別の場所に新しい棚を買おうかと考えた。だがもう壁面は抽斗でいっぱいで、新しい部屋でも借りなければ棚を置けない。琥珀を仕舞う場所がない。

「……潮時」

あまりにも誂《あつら》えたような状態に、棗は俯いて独り言を零しながら笑った。

失恋コレクションを捨てて、新しい部屋に引っ越せということだろう。

棗はぬるい笑いを浮かべた。

コレクションはこれでおしまいだ。とうとう今日が俺の失恋記念日なんだなと、と気持ちが先に理解した。

終わるはずのない、片想いだと思っていた。

自分が苦しまなくても、ちゃんと終わりは用意されているのだと思うと、今さら寂しく、振り返る日々が懐かしかった。

あの部屋、敷金と礼金はいくらだっただろう。社員価格で割引があるはずだ、と仕事中、ぼんやり考えていると、メールの着信があった。

——明後日《あさって》、金曜なので、うちに遊びに来ませんか。

宮田からだ。

——帰りにあの喫茶店で待ってます。

何もかもが、次の世界に棗を引っ張り出そうとする。

コレクションを捨てて、新しい生活を始めろと、見えない何かに囁かれているようだった。

六年分の涙と恋。溜め込んだつもりで繋がれていたかもしれない重みから解き放たれて、もう幸せになっていいのだと、あちこちから言われている気がした。

「お言葉に甘えます」と休み時間に返信をした。すぐに「好きな食べものはありますか」と、学生のような返事が返ってきたから「辛子が苦手です。それ以外は大丈夫です」と返信をした。おでんに辛子をつけられない棗のことを、朋哉はなぜかすごく笑った。粒マスタードは平気なのに、練り辛子が駄目なのはおかしいと、色んなおでんに辛子をつけて、差し出しながら笑われたのを思い出す。

「ほんとだ、中毒」

たったこれくらいで涙腺が緩みそうになる自分はまだ、失恋の毒に浸っているのだろう。

でも、新しい部屋を探して、コレクションを捨てて、宮田と話をして、それらがすべて終わった頃には、きっと楽になっているのだろうと思うと、死にそうなさびしさに、光が差すのだから希望は少し、あると思う。

もし、あの部屋へ引っ越すとしたら、礼金敷金はどのくらいになるのか、社長に訊いてみた。

礼金敷金は半額、家賃は二割引。

——今野くん、結婚するの？

と驚いた顔をされたから、「手狭になって」と棗は答えた。会社には琥珀の副業のことを話している。石屋は仕入れ資金が必要だ。あまり歓迎されない副業かもしれないが、棗は内勤営業で、経理に関わらないから許されていた。勤務時間が短く、給与も安い。石の仕事と上手く折り合うのはお互い様だ。

——喜ばしいことだけど、儲かったからって、うちを辞めないでね？

土日の出勤を嫌がらない棗を社長は大事にしてくれる。「まだまだお世話になります」と棗は答えた。

約束の時間にいつもの喫茶店へ行くと、すでに宮田が待っている。昨日の電話であれこれメニューを話し合った結果、宮田が「テーブルで話せる時間が長い料理がいい」と言った。

とっさに思いつくのは、鍋かすき焼きか焼き肉だ。寒くないのですき焼きにしようということになった。

喫茶店を出て、デパートに寄った。食材を買って、肉の値段を二人で吟味して、野菜の好き嫌いで笑った。宮田が白ネギが嫌いだというのが何となく意外だった。ぱっと買い物袋を持ってくれるのが宮田の凄いところだ。ゲイにしておくのが惜しい。

「ちょっとコーヒー、飲んでいきませんか？」

駅に向かう前、宮田がコーヒショップを指さした。

「帰らないんですか？」

買い物も終わったし、時間は少し早いが、わざわざコーヒーショップに寄って時間を潰すほどでもない。宮田は労《いたわ》るような微笑みで言った。

「棗さん、三時にお茶飲んだきりでしょう？」

デパートでけっこう時間を食ってしまった。棗を労ってくれるのだ。どうしようもなく宮田は優しい。

「じゃあ、俺が奢ります」

夕飯の買い物は強引に半分出した。でも端数は宮田が出している。そこで帳尻を合わせようと棗は提案した。宮田はすごく喜んでくれた。

宮田はラテを、棗は一番小さいサイズのブレンドを頼んだ。店内はわりと混《こ》んでいて、入り口付近の立って使うテーブルしか空いていない。

「そういえば棗さんに訊こうと思ってたんですが」

「なに？」

棗が問い返すと、宮田は買い物袋を乗せた小さな丸テーブルに、肘《ひじ》をついて肩を前に乗り出した。

「俺が入る予定のあの部屋、あんなに安いのは、もしかして人が死んでますか？」

覚悟の上だが知っておきたい、というような声で訊く宮田に、棗は思わず噴き出した。

「死んでない死んでない。いいお部屋ですよ。本当の、掘り出し物です」

いい部屋が破格値で安いのを、宮田は不吉な訳あり部屋と推測していたようだ。棗は正直に遠隔地すぎるのが原因だと喋った。とにかく滞りなく家賃を払ってくれそうな人がいい。

宮田は驚いたような顔をしたあと、素直に喜んだ。

「俺は幽霊信じませんけど、本当にラッキーだったんだ」

「すみません、気がつかなくて。早くお話しすればよかったですね」

しっかりした部屋だった。あの広さなら結婚して子どもが生まれても大丈夫だ。

「それで、棗さん。俺がコーヒーショップに寄ったのは――」

宮田が言いかけたとき、棗のポケットでスマートフォンが鳴った。着信メロディにぎくりとする。

棗はすぐに取りだし、コールを切った。マナーにし忘れていた。

「出なくていいんですか？」

「……うん。知り合い。急ぎの用じゃないし、なにかあったらメールが入ると思う。すみません、続きを」

棗が促すと、宮田はちょっとこまったような笑顔で言った。

「よかったら、俺と一緒に大阪に来ませんか」

「え」

「一緒に引っ越しとかじゃなくていいから、棗さんの生活の切りのいいところで、大阪に来てくれたら嬉しいです。宅建持ちで経験ありなら同じ業種に就職はあるでしょうし、見つかるまで俺が働きますから」

「宮田さん、あの」

話に割り入ろうとする棗を止めるように、宮田は素早く言い足した。

「ああ、だからといって、俺と特別な関係になってほしいって、言ってるわけじゃないんです。そのうち、棗さんの気が向くことがあれば、そうなればいいなとは、思ってますけど」

「宮田さん……」

微笑みながら控えめに言う宮田に、待ってくれ、と言おうとした。宮田が真面目なのは分かっているし、多分そうするのに何の問題もない気がする。でも一方的にこんなに優しくされて、自分に何が返せるのか見当もつかない。

「安心してください。俺は棗さんと生活ができればそれでいいんです。できるだけのものを棗さんのために用意させて貰うつもりでいます」

「そんなことはできません」

宮田の恋心を一方的に利用して生活することなんかできない。しかし宮田は、棗のいい返事など期待していなかったように、棗にイタズラっぽい笑顔を見せた。

「とか、そんなことを言いながら、実はコーヒーショップに寄ったのは、ちょっと俺が待ちきれなくなって」

そう言って、宮田はポケットから小さな箱を出した。

「ネックレスとかブローチとか、好みがあると思うから。一ヶ月以内なら好きに加工してもらえるそうです。棗さんが本職だから、棗さんのほうがよく知ってるだろうと思って」

そう言って見せてくれた箱の中味は、白い布の中に埋まっている琥珀だった。

瀬川が見せてくれたものにも、勝るとも劣らない、きれいな夕日の色だ。割れた太陽の欠片《かけら》のような、きらきら光るヒビが全体に散っているのも、いかにも美しかった。

「……」

何となく観念した気分で、棗はその琥珀を見つめた。

幸せはひとつではないのかもしれない。自分の命のように必死で探して、見つからないと苦しんだものは、落ち着いた気持ちと真心さえあればちゃんと見つかるものだったのかもしれない。

幸せってこういうことだと、棗は思う。

これにしよう。自分の幸せはこの新しい琥珀にしよう。

優しい宮田。自分のことを宮田に話せば、宮田はもっと自分への理解を深めてくれようとするだろう。甘えていいと言ってくれるだろう。失恋の傷が治るのを待ってくれるのも容易に想像がついていた。

宮田は何でも与えてくれる。棗だけを見つめてくれる宮田と、穏やかな生活を営む自分の未来が目に見えるようだ。今は宮田を特別に思えないが、一緒に暮らせば大切な人間になるに違いない人だった。こんなふうに日々を寄り添っていけば、いつか愛だって芽生えるかもしれない。

「加工してないので色気がないんですが、ちゃんとした百貨店で買ったんです。棗さんのお眼鏡にかなうかどうか分からないけど、受け取ってもらえたら嬉しいなって思って」

「……」

差し出されるまま、箱ごと手にとって眺めると、昆虫が埋まっているのが見える。すごいな、と、差し出された琥珀の見事さに棗は改めて驚いた。

「本物ですか？」と宮田が問う。

「ええ、たぶん」

琥珀は偽物が多い。特に虫入り琥珀の偽物は容易に作れるが、偽物には特徴がある。近代になって琥珀に入れた虫は皆、触覚が長いのだが、二万年前のその類《たぐい》の昆虫は触角が短いのが特徴だ。琥珀の真偽を見分けたかったら、古代の昆虫に詳しくなるのが近道だと言われるほどだ。この蟻《あり》は触角が短いし、樹液の流れた方向に、足もきちんと流れている。

「でも、高かったでしょう」

棗は心配な気持ちで、宮田を見る。

このサイズの虫入り琥珀で、この色だ。石屋の卸値でもなくて、百貨店で買ったならかなり値が張ったはずだ。

「婚約指輪と比べたら安いですよ」

冗談めかして宮田が笑う。棗の見返りは求めていない、ただ自分に愛されてくれたらいい。そんな宮田の真心が伝わってくる。

宮田がくれた新しい夕日の分だけでも、頑張ってみようかと棗は思った。宮田を愛せるようになるかは分からないけれど、せめて宮田が与えてくれる愛情の分、何かを返せればと
——返したいと思った。

「きれいですね。よく見ていいですか?」

ゆっくりと決心をしながら、まず、始めにしようと思ったのが、宮田に嬉しいと伝えるこ

とだ。棗は宮田に笑いかけた。これでいい。きっとここから幸せになれる。

棗は初めてのものに触れるように、白い布のクッションに塡め込まれた琥珀をそっと撫でる。

「……」

指先がひやりとするのに、棗は琥珀を凝視した。おかしい、と思って指先を擦りなおしてもう一度触れてみるがやはり、冷たい感触しか返ってこない。

琥珀はその特性から、触れると温かい。ガラス玉のように冷たいと感じることはない。手のひらに乗せたとき、戸惑いは確信に変わった。

偽物かもしれない。

琥珀の偽物を作るのは容易で、最近精巧さを増している。ガラス、プラスティック、ただの天然樹脂。琥珀くずを集めて練り固めた偽物もある。合成琥珀と呼ばれる琥珀を偽造するためだけの専用プラスティックもある。

プロにも見分けが付かない精巧な偽物が市場に出回っているのを棗も知っていた。

「棗さん……?」

「……」

とっさに「偽物かもしれない」とは言えなくて、棗は言葉を失った。

アルコールか食塩水があればわかる。焼いた針でもいい。琥珀は食塩水に浮く。合成樹脂ならアルコールを垂らせばねばねばと溶ける。

棗は、あっと思いついてポケットに入れていたハンカチを取りだし、琥珀の表面を軽く擦った。琥珀は容易に帯電する。ハンカチを吸い付けない、この結晶は偽物だ。

「棗さん？　その琥珀が何か……？」

不思議そうな目で宮田が棗を見る。

きれいな結晶だった。色も大きさも、虫までも、何もかも申し分がない。

でも偽物なのだ。どれほど美しくとも、本物ではない。

自分で探したものですらない。宮田に責任を押しつける気もなかった。

宮田の気持ちにも、この美しさにも少しの偽りはない。だけど違うのだ。琥珀でないものは、琥珀にはなれない。

「宮田さん、この琥珀は、俺が買い取ります」

宮田が買った――あるいはこの琥珀が本物だったときの相場で買い取ろうと思った。

宮田は困惑した顔で、棗を見ている。

「気に入ってくれたのかな。だったらどうしてそんなこと言うの」

理由を言えば宮田を傷つけるのが分かってしまって、言葉をのんだ。でも宮田が悪いのではない。言わずに逃げるのは卑怯だと思った。

「これは、……偽物です」

「え――……」

「でも、俺でもすぐには分からないくらいの、よくできた偽物です」

「だったら買い取るのは棗さんじゃないでしょう」

悪いのはこれを商品として売りつけた百貨店だと、宮田は言うがそうではない。

「いいえ、俺です」

険しい顔の宮田に、棗は首を振った。

「宮田さんが、俺にくれようとしてこの琥珀にお金を払ってくれたんです。それが偽物なら、お金を払うのは俺です」

「棗さん？」

「俺は、どんなに宮田さんに優しくされても、宮田さんの側にいても、やっぱり、宮田さんに恋ができそうにないから」

自分でも刃が見えそうな言葉だなと思いながら、棗は明かした。

「すみません、宮田さん。この琥珀、綺麗《きれい》だけど……。すごく高かったんだと思うけど。どうしても、偽物で」

コレクションは貰うものではなく、集めるものだと、今さら棗は思い知った。人が選んだものを与えられるのではなくて、ひとつひとつ、自分の目と手で、心に響くものを拾い集めていくことだ。

「偽物を見せたから怒ったの？」

「そうじゃありません。でも、間違ってるって、思うんです」

見かけだけならこの琥珀は、申し分のない美しさだった。でも長い年月をかけて圧縮されたものでもない。誰かが地面から掘り起こした自然の欠片でもない。琥珀は人が作り出したものであってはならない。地球の奥深いところで固められ、どんなに不格好でもおかしな色でもゴミだらけでも、自然に生み出され、この手に握れるものだけを琥珀と呼ぶ。

宮田は困った顔をした。

「理由がわからないよ。俺は棗さんに、俺を好きになってくれと言っているわけじゃありません」

宮田の言いたいことは分かっている。宮田にとってはこの琥珀は気持ちの証で、琥珀自体が本物でも偽物でも関係ないのだ。宮田の気持ちが本当なのは分っていた。でも美しいプラスティックやガラスをどれほど磨いても琥珀にならないことを、棗は知っていた。

「すみません、上手く伝えられません。でも俺のせいです。宮田さん、優しいから、上手くやっていけるんじゃないかって思いそうになったけど、やっぱり違う。本当に、すみません……！」

宮田は戸惑う視線で棗を見ていた。やがてやるせなさそうなため息を吐く。

「理由はわからないけど、一緒にいられそうにない、っていうことかな」

「……はい」

なぜ宮田でないのか、なぜ宮田ではいけないのか、棗にも分からない。ただ不格好でも、辛くて重いばかりでも、棗の中に、他のよく似た何とも換えられない、妥協できない夕日の輝きがある。

「――残念だ」

宮田は振られるときまでカッコいいんだなと思うくらい苦い笑いを棗に向けた。

「あとで、必ずお金を払います」

棗は、その場で深く頭を下げて約束し、テーブルの上の琥珀に手を伸ばす。それを一瞬早く奪い取ったのは宮田だった。

「信じてないわけじゃない。棗さんはきっと、この琥珀の始末をつけてくれるんだろうと思うけど」

箱を摑んだ宮田の手に力がこもる。

「失恋の証までなくなるのは寂しいよ」

「……っ……」

そう言った宮田に、棗はもう一度頭を下げた。ザ・ミモザで宮田がテーブルに置いた金額と同じものを置いてテーブルを離れる。

振り返らずに真っ直ぐ歩いた。自分なんかを好きになるなんて、ほんとうに熱でもあったんじゃないかと思うくらい、宮田は素敵な人だった。

駅に向かって歩きながら、宮田もよく振られるんじゃないかと心配になった。あんないい男なのに、優しくて真面目なのに、宮田のせいじゃないところで選んでもらえないことがあるのではないかと余計な世話心が湧いてしまった。朋哉と似てるのかもと思うと、朋哉のことも改めてかわいそうに思った。

もういい、と、腹を括《くく》る気持ちだった。

どんなに一生懸命恋をしたって、どうしても結び合わない恋がある。失恋が趣味だというなら、そんなのとっくに覚悟の上だ。

朋哉も同じなのだろうか、と、自分の失恋の数だけ失恋をしている朋哉のことを思う。自分と同じように、朋哉も朋哉にとっての唯一が見つかるまで、このまま何度も失恋し続けるのかもしれない。

もういい、集めきってやろうと思った。もう無理だと思うところまで、悲しくても寂しいだけでも溜め込もうと、棗は決心しながら電車に乗った。


電車の中でスマートフォンが鳴ったが、音だけを止めて、電話には出なかった。マナーモードに切り替えてまたポケットにしまう。

こんな時間に二度も電話をかけてくるなんて、何か急用だろうか。

本当に急用ならメールしてくるだろうと思いながら電車を降りたら、またスマートフォンが震えはじめる。メールではなく通話だ。なかなか切らない。

エスカレーターに向かう人の流れに乗りながら棗はスマートフォンの画面を見た。電話はまだ震えている。相手は朋哉だ。

「……」

棗は通話のボタンに触れた。

「もしもし。今、駅なんだけど」

通話しにくいことを、無愛想な声音で伝える。

——今どこ？

「……家の近くの駅」

——何で電話に出ないんだよ。レスが遅すぎると思う。

「たまたま電話に出られなかっただけだよ。レスだってそんなことないと思うけど」

棗は駅の時計を見た。

「だってまだ三十分も経《た》ってない」

宮田といたとき、一度目の電話からにしたって三十分だ。朋哉は不機嫌そうに言った。

——今すぐ話したいときだってあるだろ？

「お前が言うのかよ」

メールのレスが二時間遅れたせいで彼女に捨てられたと、泣きながら訴えた男がだ。

「で？　なに？　その三十分が待てない急用って」

嫌みっぽい声が出た。朋哉を好きなことと、朋哉に腹を立てないことは別だ。

これまで朋哉からの連絡は、結果的に大至急になることはあったが、特に急用としてかかってくることはなかった。誰かの事故とか家が火事とかなら、電話が通じないならメールを先にしてくるだろう。恋人同士の「寂しいから大至急」なんて、朋哉と自分の間には生まれようもない。

朋哉は黙った。言葉を選ぶと言うにはずいぶん長い。

切るよ。と言おうとしたとき、雑踏の騒音の中でようやく聞き取れるほどの小さな声で言った。

――……彼女と別れた。

思わず息を止めたが、すぐに呼吸できた。繕わなくてもうんざりしたような声が出た。

「はいはい。いいところまで行ったのにね」

またか、と思う程度だった。いくら自分が朋哉を好きでも、棗は朋哉のオモチャでも母親でもない。片想い中だが、自分だってそこまで安っぽくはない。

棗はあしらうように言った。

「次は頑張ってね。悪いけど今日、俺、忙しいから。やけ酒はいいけど、飲み歩いて転んだりするなよ？　大声で歌うな。ご近所迷惑だ」

――付き合えよ。

「そうだな。時間ができたら飯でも食おうか。来週中ごろとか空いてる？」

――嫌だよ、今だ。

強情に朋哉が言うのに眉をひそめる。もう飲んでいるのだろうか。どこかで動けなくなってはいないか、部屋でうずくまってはいないか、飲み過ぎたり、風邪薬と一緒に酒を飲んだりして、気分が悪くなっていやしないだろうか。そんなことを考えたが、朋哉だってもう子どもではないのだ。棗に迷惑をかけすぎだ。朋哉は自分に頼りすぎなのだ。しかも、失恋のときだけ、あんなことまでしておいて。味をしめたというなら絶交に値する。恋がやめられるかどうかは別の話だ。

棗は一度、大きく呼吸をした。

「あのさ、朋哉、この際だから言っておくけど、俺は、今までお前を甘やかしすぎたよ。俺は失恋係じゃねえよ。じゃあまたな。週明けは空いてるから」

二度とかけてくるなとは言えない。やっぱり辛くなりきれない、やるせなくなりながら、駆け出したくなる気持ちを自分で踏みつけて、意地で通話を切ろうとする。

――最後でいいよ。お前が好きって言わせろよ！

耳からスマートフォンを離す寸前、大きめの朋哉の声が聞こえて、棗は終了ボタンに触れる間際の指を止めた。

「はあ……？」

剣呑《けんのん》な声で棗は問い返す。この期《ご》に及んで、大好きなオトモダチだとでも言い出すなら、本当に着拒にして、三ヶ月くらい相手にするのはやめようと思った。

「お前何言って……」

——何やっても駄目だった。——あっ、切るなよ！

意味がわからないことを言い放ったあと、慌てたような声で朋哉の制止を喰らう。何を勝手に焦っているのかも分からない。

「あ、いや……」

気圧されるように呻くばかりの棗に、朋哉は、やけくそっぽい声で打ち明ける。

——最後まで言わせろよ！　そのあとは切るとか罵るとか、好きにしていいから！

「……」

——失恋したんだよ。慰めに来いよ。

「……」

——そのためなら、何度だって、失恋するから。

改札口の前で棗はゆっくり立ち止まった。

「意味がわかんねえよ」

棗の横を多くの人が追い抜いてゆく。

「言ってる意味が、わかんないよ、朋哉」

誤解をしてしまいそうだ。

自分に優しくされたくて、朋哉は失恋をしていたというのだろうか。そのために恋をしていたというのだろうか。そんな馬鹿なことがあるだろうか。そんな。

——今から説明するから来いよ」

「！」

声の最後が、耳元の音声と被って棗ははっと振り返った。

「朋哉」

「もういい、全部喋るから、来いよ」

腕を摑まれ、真っ直ぐ改札に向かった。

「おい、朋哉！」

「かっこわるいとか、子どもっぽいとかもういい」

通話を切った朋哉が改札口にスマートフォンを当てる。棗は勢いよく引きずられていて、改札口に挟まれないよう、慌てて手を伸ばし、スマートフォンで改札口の機械に触れた。

構内を出て、駅の階段を降りる。棗の腕は摑まれたままだ。駅を歩く人に振り返られるのが恥ずかしかった。

「離せよ」

「嫌だよ」

「どういうことかわからねえよ、なんで俺がこんなことされなきゃならねえの？　理由を言えよ！」

「話していいの？　痴話喧嘩になるぞ？　こんなところで」

「はあ⁉」

低い声の、変な脅し文句で止められて、棗は意味のわからなさに顔を歪めるばかりだ。

朋哉に腕を摑まれたままという謎の姿勢のまま通りを歩く。朋哉は一度も自分を見ないまま、ずかずか歩く。

「分かったから離せよ！　痛えだろ⁉」

本当は、容赦なく歩く朋哉とのリーチの差が辛いだけだ。体勢も崩していて、引きずられるようなみっともない歩き方だった。

「嫌だ」

だが朋哉は、指が皮膚に食いこむほど強く摑んだままの手を離そうとしない。

「棗が優しいのが悪い」

「さっぱりわかんねえ！」

「俺にかまったり、俺が振られるたび優しくするのが悪い。振られたら、絶対来てくれるところとか、抱いても俺を殴らないところとか、棗は俺が好きなんじゃないかって、そう思われても仕方がないと思う」

「し……仕方がないって、そんな、勝手な！」

本当に好きなんだから仕方がないと思うけれど、口にするほど馬鹿ではない。自分を窘《たしな》めるように、紙を食べる同級生のことを思い出した。「そういうヤツがいてさ」と話せば、朋哉は珍しそうに笑うのだろうが、自分が朋哉を好きだと言ったら、大体殴られるか、ものっすごい軽蔑《けいべつ》の眼差《まなざ》しで見られるのがオチだ。

「棗じゃない、他の女の子と暮らそうと思ったけど無理だった」

「なんで」

「棗じゃないから」

「でも朋哉」

「わけがわかんないこと言ってると思うけど、俺がお前を好きなんだからほっといて！」

「ほっといては俺の方だろ！」

泣きたい気持ちで怒鳴り返すと、朋哉は何も言わずに俯いてしばらく歩いた。角を曲がる頃、ぽつりと言う。

「……知らない人と住むって、難しい」

彼女との生活が上手く行かなかったのだろうかと思いながら、棗は呻いた。

「住み慣れればいいだろ？　勝手なこと言うなよ」

「毎日お前と話をしないと眠れない」

「話をしない日もあっただろ？」

「そういうときはメールでもいい」

びっくりするような自分勝手な言いぐさに棗は呆れるが、突拍子もなさすぎて怒りの感情が探し出せない。

「棗じゃないと駄目だったけど、別の人と住みはじめたら、そういうのが別の誰かに移るのかなって思ったけど、ぜんぜん駄目で」

「一応友だちだからな！　でも寂しいなんて、ただのホームシックだろ！」

誤解をするなと自分に呪文のように言い聞かせながら朋哉に言い返した。

気のおけない、居心地のいい友人。それに比べて恋愛の緊張感が耐えがたいというなら、それはただ不慣れなだけだ。自立心を甘やかしすぎだ。誰だって楽なほうがいい。慣れた友だちと遊べない寂しさや、恋愛なら当然ある緊張感に耐えられないとか、朋哉が甘ったれているからだと、叱《しか》ろうとしたときだ。

「お前で抜いてもかよ！」

一瞬、何を言われているかわからずに、引きずられるまま、ぽかんと朋哉を見て、その後力一杯顔を歪めた。

「ハア⁉」

「できないし、抜けなくなったんだって！」

「ちょ、っと、そういうこと言うな、こんなところで！」

ようやく何を言っているか分かった棗は、まわりを見回すより前に、朋哉の口を塞ごうと手を伸ばしたが、朋哉はうるさそうにそれを手で払ってさらに言った。

「それまでは何とかなったのに」

「そんなの責任取れるか！　知るかよ！」

自分で抜いていたということがどういうことなのか、よくわからないまま、朋哉は棗が住むアパートの門に入った。こんな訳の分からないことを言う朋哉を部屋に入れてたまるかと思ったけれど、外で喚かれるよりはましだ。

震える手で何度も鍵を挿し損ねながらドアを開け、朋哉を中に押し込んで、自分も中に入る。

朋哉は勝手に中に入っていって、我慢していたような言葉を漏らした。

「お前以外を好きになろうって、頑張って恋愛して、お前を諦めようって思って、お前に似た子とか全然違うタイプとか、優しい人とか、束縛の強いタイプとか、色々付き合ってみたけど、ダメだし、ぜんぜん勃たねえし！」

理不尽きわまりない理屈を並べた挙げ句、朋哉は今にも泣き崩れそうな表情で額を押さえて俯いた。

「挙げ句が、失恋の繰り返しでさ、なんでお前に慰められなきゃならねえの？」

「よくわかんねえけど声が大きい、朋哉」

黙れ、と、伸ばしかけた手を激しく払われた。そして棗が極悪人のような、忌ま忌ましさを込めた声で、朋哉は言い放つ。

「俺が振られるたび嘲笑《あざわら》いやがって！　いい気なもんだよな！」

何のリアクションもできなくなるような罵倒を朋哉が叩きつけてくるのに、棗は呆然と朋哉を見た。涙目の朋哉に睨みつけられる。もううんざりしているような表情だったが、そんな顔をされても、こっちだってどうしていいか分からない。

朋哉はやけっぱちそうな声で呻いた。

「殴るなら殴れよ。あのときも正気だった。ビール二本で酔えるわけねえし」

「朋哉」

「気持ち悪いとか、二度と来るなとか、死ねとか。何か言えよ。本当にマジ、諦めきれねえから！」

「諦めきれないってどういうことだよ」

「何回でもお前が欲しいんだよ。お前に失恋するために、別の恋をし続けてた。失恋コレクターなんだよ！　もうほんとどうにかしろよ！　友だちだろ⁉」

「……」

これまでの自分の片想いは無駄だったのだろうかと思うと、びっくりしすぎて呆然とした。

朋哉も自分を好きで、失恋すると自分が駆けつけて、優しくするから女性と付き合っては振られると言う愚行を繰り返していたのだろうか。いや、朋哉は女性に対して誠実で優しい。この恋から逃げたくて、恋愛に走り、棗への恋心が消えきらないせいで、彼女に意味もなく寂しい思いをさせてはそれが原因で振られ――そこに毎回棗が慰めに来て、それに味を占めて、無意識に繰り返してきたというのだろうか。朋哉も、自分も、それぞれに、透明の膜に隔てられていたように。そしてそれぞれ、失恋の中毒になったように。

「うわあああぁ！」

あまりの馬鹿馬鹿しさと、腹立たしさに居たたまれなくなって、棗は叫び、手に持っていた鞄を朋哉の胸に叩きつけた。

「な、棗……⁉」

信じがたい。信じられない。これまでの失恋は一体何だったんだろうと思うと、朋哉が死にそうに腹立たしかったから、衝動のまま、もう一度鞄で殴って、そして怒鳴った。

「殴れっつっただろ、お前がッ！」

「あ……、うん。そう」

大したダメージにならないビニールバッグの打撃を手で避《よ》けつつ、朋哉がこくこくと頷《うなず》いている。それにもさらに腹が立った。何でこの男は、こんなことをこんなに長い間黙っていて、今さらぺろっと吐き出すのか。この六年間、何回自分が泣いたか、苦しい思いをしたか、少しもわかっていないのではないか。

「俺の片想いを無駄にしやがって！　俺が今まで集めたのは何だったんだよ！　俺の大事な恋心が変態っぽくなったのはお前のせいだったんだよ！」

「何言ってるか、わかんねえよ！」

鞄を避けようと、前に翳《かざ》す朋哉の手を、ビニールバッグでバシバシ殴りつけながら、棗は叫んだ。

「俺もわかんねえよッ！」

ただの変態として過ごしたこの六年が今さら耐えがたく残念になる。

怒りのあまり肩で息をしていたのがだんだんやるせない呼吸に変わる。目眩《めまい》がしてしゃがみ込みそうなのをようやく堪《こら》えた。

張り詰めていたものが一気に切れたようだった。バレたら死んでしまうとまで思っていたことが、いとも簡単に白日の下に晒《さら》し出されて、まだ脳が理解しきれない。悲観なのか諦めなのか、安堵なのか。よくわからないが、どちらにしても棗からただ、力を奪うばかりのものだった。

「ずっと……好きだった」

「棗……それは、どういう……」

「黙って聞けよ、違ってたら、殴っていいから」

もう両想い前提で話さなければまったく何も話せない。男が好きか、ゲイなのかと訊かれたらきっと互いに長い話になる。

「ずっと前から、お前が好きだ。どういう意味かって言われたら、……お前の、恋愛相手になりたかったっていう意味で」

朋哉が違うと言ってももう誤魔化せない。

朋哉の頬が赤いのが、感情からなのか夕日のせいなのか、わからなかったが、蒼《あお》く見えないのに励まされながら棗は続けた。

「俺のほうこそ、何で自ら進んでこんな目に遭ってんだろうって思いながら、一生多分好きだと思ってた。言えるはずないから、もうお前が何回失恋したって、俺はずっとお前が好きだと」

片想いだ。失恋しようがなかった。始まらない恋には終わりようもない。ずっと辛かった。この先も辛いのだろうと思ったが、ぐしゃぐしゃな気持ちのまま生きてゆくことを、今日覚悟したところだ。こんな男のために言い訳をしたり隠そうと努力することがもう死ぬほど馬鹿馬鹿しい。

「棗」

「そうだよ、お前と寝てさ、ほんとはラッキーだと思ってた。めちゃめちゃ悲しくなったけど、どさくさ紛れでも、ヤるかヤらないかじゃ恋愛的に雲泥の差だろ⁉」

「お……おう」

気圧された顔をしたのは、今度は朋哉の方だった。

「酔っててもいい、って……ラッキーだと思ってた。あんな惨めだったけど……！」

今思い出しても震えが来る。怒りと後ろめたさと恋しさが混じった煮えたぎるやるせなさを、痛む身体いっぱいに抱え、真夜中の坂を泣きながら歩いた。

朋哉は慌てて宥めるような声を出した。

「ごめん、そうじゃない。失恋だけじゃ勢い足りなくて、ビールとか呑んどこうかなって。一回きりなら、思い切りやっとこうと思って」

「このクソ野郎がッ！」

「ごめん！」

自分が集めたコレクションは、朋哉の失恋の記録ではなく、朋哉が自分を想って足掻いてくれた記録だ。

朋哉と見つめ合ったまま脱力した。

時は金なりと言うけれど、二人して何年地中に埋めてきたのだろう。

想いを閉じ込めて、ただの樹液が宝石になるまで、圧縮されて、狂おしい年月を抱え、地面の下で美しい琥珀になるように。

棗と同じく、力が抜けたような表情をしていた朋哉がぼそりと言った。

「……何やってんだろうね、ずっと」

本当にな、と、言いたいところを堪えて棗は尋ねた。

「いつから？」

「合宿のあと、お前が琥珀を見せてくれたとき」

思い当たる風景はあるような、ないような。

合宿のあと、普通にしていても朋哉と会えなくて、諦めかけていたところに朋哉が連絡をくれた。メールで琥珀のことを色々訊いてくるから、面倒くさくなって、現物を見せると言ったのが、構内で初めて朋哉に会う約束になった。その頃はまだ、大したお宝もなく、汚れた琥珀だったり、虫入りも、お年玉で買った、翅《はね》だけの虫だったり千切れた蛾だったが、それでも色だけは朋哉に見てほしいと思うくらい、太陽の温度に触れているような、あったかい山吹色をした、お気に入りの琥珀だった。

「オレンジゼリー崩したみたいな石ころなんかで、すっごく嬉しそうな棗が面白いって思ってたら、あとはずるずる」

「聞いてねえよ、そんなの」

「好きだってちゃんと思ったのは、クリスマス頃だったかな。『好きだ！』って叫ぶような出来事はなかったけど、夕焼け見るたび、胸の中が焦げてくみたいになって」

自分の軽薄な一目惚れの予感より、そっちの方がよほど尊い気がして、棗は文句をつけるのを止《や》めた。

「その後は、ずっと好きだった。三年になる前になんとかしよう、卒業までにどうにかしようって思いながら、結局そこでもずるずるしちゃって」

「何をだよ」

自分たちが社会人になる寸前は、世の就職競争がもっとも熾烈《しれつ》を極めた頃で、棗のほうが先に就職を決めたはずだ。友人が出演している小さなライブハウスの控え室で内定を祝って貰った記憶がある。だがどれほど思い返しても、告白されたり、将来について話し合った記憶は探し出せない。職場が近いのも、部屋が近いのも偶然だ。

朋哉は疲れたような声で言った。

「関東でいくつか、内定取れそうだったけど、棗の就職先に一番近いところに就職したんだ。一年も経たないうちに、文具屋辞めるって言いはじめたときは、心底冷えたよ」

「お前……まさか、……『サイタ』の内定貰えなかったっていうのは……」

一流商社だ。今いる会社もけっして悪くはないが、サイタに比べれば月とすっぽんクラスだった。内定を貰ったとちらりと聞いたことがあったが、今の会社に決めたと言ったから、取り消されたのかなと思って、あえてはっきりとは聞かなかった。かのサイタともなると、朋哉ほど成績がよくても、剣道部の主将でまあまあの成績を残しても駄目なのだと思った記憶があったが、まさか。

「うん。蹴《け》ったんだ。サイタ、ここから二時間半かかるから」

「……信じがたい馬鹿だな」

「俺もそう思う」

本当に呆れながらの呟きになったが、棗には人のことは言えない。朋哉のそれとは比べものにならないが、報われる当てがなくても、朋哉に会いたいがばかりに目の前の大きなチャンスを振り捨てた前科は棗にもある。

「じゃ、俺が文具屋辞めるとき、あれだけ熱心に引き止めたのも、俺のためっていうより」

「うん。俺のため。うちだって一応会社だから、お前が遠くに行ったからって、自由に転勤できないだろ？　俺だって会社をほいほい辞めるほど無謀じゃないし、お前をなんとか引き止めるしかなかったし」

「不動産屋に決めたとき、けっこうすんなり喜んでくれたのは……」

株式のついた会社を辞めるなとか、企業を辞めたら安定した将来なんか絶対望めないとか頭ごなしにさんざん反対したくせに、ほとんど個人企業の不動産屋に就職すると言ったら、ころっと態度が変わったのは、当時、棗もおかしいと思っていた。この不景気だ。できるだけ大きな企業にいたほうがいいと言う朋哉の説得は理解できたが、自分の就職先までうるさく口を出される謂《い》われはないと思っていたから、本当に肩すかしだった。

「うん。近かったから、そこならいいやって思って。棗がもし食えなくなったら、それを理由に俺の部屋で暮らし始めてくれたらタナボタってヤツだし」

　卒倒しそうなため息が漏れた。そんな理由で男が仕事を決めていいのか、と思うがやはりこれも声には出せない。朋哉のたった一言で、琥珀屋になった自分だ。愚かしさならタメを張れる。

「部屋もそうか」

「うん。社宅断って、今の部屋にした」

　朋哉からは「空きがなかった」と聞いていた。それにしたって狭い部屋だな、と言った記憶もあるが、朋哉は苦笑いしただけだった。社宅の空きがあるのに自由な部屋に住みたがるのだ。手当は当然少ない。

　朋哉が少し決まりの悪そうな表情で棗を見た。

「お前は？」

　不意に水を向けられて、棗はどきっとした。

　長い話になるが、朋哉を喜ばせることしか言えそうにない。長く、膨大なコレクションだ。それを見せなければならないと思うと、もう一度朋哉を殴ってしまいそうなほど悔しかった。

「あとで話す」

琥珀の海で一目惚れだったとか、誰が朋哉の側にいても、ずっと朋哉の側にいられるのは自分だけだと信じていたこととか、何の羞恥プレイだと思うことばかりだ。

「ずるいぞ」

「お前が勝手に話したんだろ？」

棗はふてくされた顔をして、ふい、と顔を横に向けてみせる。

「俺が言わなきゃ、ずっとあのままだったんだろ？　感謝しろよ」

「なんでだよ！」

思わず嚙みつくように言い返す棗を、朋哉がじっと見ていた。

「……よかった」

微苦笑を浮かべた朋哉が、視線で棗に同意を求めてくる。

「うん」

頷くと、棗の背中に朋哉の腕が回されてきた。抱きあうことは何度もあったけれど、こんな恋人みたいな抱き方をされるのは初めてだ。そっと額を合わせ、首筋を重ねるほど深く、朋哉が抱きしめてくる。

「ずっと好きだった、棗」

「うん」

囁きに、ワイシャツの肩に頬をこすりつけて頷く。まだ現実なのが信じられないような幸せに、戸惑いながら身を任せる棗の耳元で、朋哉が優しく囁いた。

「今日金曜日なんだけど」

「うん……？」

「していい？」

棗はうっとり頬を預けていた肩から顔を上げ、低い声で唸《うな》った。

「キレイなこと言ったわりには俗物だな、お前」

「だって勃つと思ったら安心して」

そういえば、先ほどから、腿より先に触れてくる固形物がある。

「お前な……」

「ほらな？　棗だっただろ？」

と自慢げに言われるところが、嬉しいのだからリカりんに変態と言われても余り強く、否定できないかもしれない。


朋哉の料理レパートリーの中に「すき焼きもどき」というものがある。

すき焼きの具を焼き、割り下を入れ、白菜を投入して蓋《ふた》をして蒸し焼きにする。チェーン店の牛丼とすき焼きの中間のような出来映えなのだがこれが案外旨い。……が今日はものすごく甘めだった。「ちょっと甘すぎたかな」というレベルではない。生卵をつけて食べてもはっきり砂糖の味がするほどだ。

朋哉は「甘すぎたな」とコメントしたから「うん」と応えた。普段の何倍ほど砂糖を入れたのかと訊くのをためらう甘さだった。サラダはレタスとゆでたジャガイモだった。どの調味料をかけるべきかすごく悩んだ。棗は和風ドレッシングをかけたが、朋哉は悩んだ様子を見せたあとウスターソースをかけた。あっ、と思ったが何が正解か、棗にも分からないから突っ込めない。

夕飯の皿を洗って、順番に風呂に入り、朋哉のTシャツとパジャマのズボンを借りて、ビールを片手に野球を観る。ツーストライクに追い込んだと思ったら、一球はずれてボールだ。今何対何かもよく把握していない棗だが、とりあえずボールカウントくらいはわかる。とりあえず惜しい声を出した。

「ああ、ツーツー」

「あと一球で押し出しか」

「……えっ」

「あ、いやごめん。そうかフルカウントか。押し出したら逆転サヨナラだからちょっと焦って」

「いや、二塁空いてる」

「そ……そうだな、ここんとこ負けっ放しで」

と朋哉が笑うから棗も笑って受け流そうとした。

「あるある。マジックって、今いくつだっけ」

「……」

返事に窮する朋哉をしばらく眺めて、「いやごめん」と棗は謝った。まだマジックが点《とも》るような時期ではない。

「……」

会話がぜんぜん噛みあわない。必死かと思えば上の空でお互いがそうだから、ほとんど会話が成立しない。不自然に笑い合ったり、気の利いたことを言おうとして失敗した挙げ句、唾《つば》ばかり飲んでいる。それで意識して、さらに駄目だ。

「コップ洗ってくる」

適当に言い残して、棗はラグから立ち上がった。朋哉は缶から直接呑むが、自分は一度グラスに注がないとビールを呑んだ気がしない。缶から直接呑むビールは苦い炭酸ジュースのようで、それならいっそ炭酸ジュースを飲むと言ったら朋哉がお子様だと言うから、怒った記憶があった。学生の頃の話だ。今日はやたらと昔のことばかりを思い出す。

リビングの蛍光灯の灯《あか》りとプロ野球の音声までが、何となく作り物めいた雰囲気になっていた。やたらと気まずい。そこから逃げてきてホッとするのだから重症だ。夜に電気を消したあと、二度目のことに及ぶのだと思うと、今から心臓が耐えられそうになかった。

「――……ヤバい」

キッチンでグラスを洗いながら期待と緊張で、しゃがみ込んでしまいそうになるのをようやく堪える。

多分このあと、行なうことは決定で、はっきり約束したわけではないが、もしも断れば、暗黙の了解とか空気読めとか詰《なじ》られるに違いなく、朋哉も間違いなくそう思っているはずだ。だからといってさっぱり口に出してしまうのも、確認するのも気まずい気がする。都合、実際そんな雰囲気になるまで、さりげなくしらんふりをしておくのがお約束なのだが、それが上手くできない。

やばい、酸欠。

ばくばくし続ける心臓を胸の中に押し込めて、いつも通り口を閉じているだけで頭がくらくらしてくる。

リビングからは野球の音声が聞こえている。ヒットが出て盛り上がっているようだ。

いっそ早く終わって、一も二もなく電気を消してくれないだろうかと、棗がため息を吐いているとき、急に後ろに気配があった。振り返る間もなく背中から抱きしめられて、手を拭いていたタオルを床に落とす。後ろからTシャツの肩に唇を押しつけて朋哉が言う。

「……ごめん、試合終了が待てない」

「そういうルールだったっけ?」

「友だちのルールとか、恋人のルールは知ってるけど、友だちで恋人のルールなんてしらねえよ」

呻くように言って、抱いた腕に力を込めてくる朋哉に、覚えがあった。

「まさか、朋哉、あのときも」

「いや、あれは、何となく。あのときはまだ、言えないと思っていて。泊まらせてくれたら、危なかったけど」

「信じられない」

「今日は泊めて」

背中にしがみついた姿勢で朋哉が訊く。反射的に「嫌だ」と言いそうになったが、今日はそう言わなくていいのだと思うと、ひどく照れくさかった。いいよ、と言えずに、恨めしい声が零れる。

「帰れって言ったら帰るのかよ」

「帰らない」

いろいろズルイ、と思いながら、頭を抱えそうになった衆は、照れくささと悶《もだ》えたい衝動にゆっくり顔を歪めて呻いた。

「背中から、色んなもんで刺激するのやめろ」

どこどこいうくらいの鼓動とか、自分より若干高い位置にある何かの塊とか、アピールというにも酷かった。

「棗もすごいけど」

と言う朋哉の手が下腹に滑ってくる。

「ここはまだ」

「そういうヤツだっけ、お前！」

棗は藻掻きながら朋哉を詰った。いつもとテンションが違うというか、互いにスタンスがわからないと言うか。恋人ならこれでいいし、だが友だちならこれはおかしい。

「いや、ごめん。今まで友だちで片想いだったのに、そんなに急に色々、なんか、距離の取り方、わからない」

朋哉自身、同じ戸惑いを抱えているようだ。慌てたように緩まる朋哉の腕の中で、棗は身体の方向を変え、朋哉に向き直った。

「……っ……」

睨んだはいいが、その後どうしていいか分からない。それすら歯がゆい。

「この馬鹿……」

口の中でそんな言葉を呟きながら、踵《かかと》を上げて棗のほうからキスをしてやった。

びっくりした顔の朋哉に少し、せいせいした気がした。朋哉が、キスしたばかりの自分の口を右手で覆い、頬を染めて呻く。

「うわ、どうしよう」

そう言って、左手で腰の辺りをぎゅっと抱きしめてくるから、棗はニヤリと笑う。だが、朋哉が見ているのは棗の顔ではなく、足元だ。何かが落ちているのかと一緒に覗く棗の耳元で、朋哉は心底うろたえたような声で、早口で呟いた。

「やっぱりそうなると思ってた。実際見ると、クる……！」

浮いた踵は身長差だ。だが棗からキスをするにはこうするしかない。だからと言ってそれをあえて眺めるのはどうだろう。

「こ、……んの……ッ！」

今度は両腕で抱きしめてくる朋哉の髪を摑んで引き剝《は》がそうとしたら、ぎゅう！　と音がするほど抱きしめられた。泣き出しそうな声が耳元で囁く。吐きそうとかトイレに行きたいとか、自分ではどうにもならない欲求を訴える声音だ。

「どうしよう、したい」

「お前、俺に優しさをみせろよ！」

同感するが、直球過ぎる。友だちだし男同士だから遠慮しろとは言わないが、気遣いとかデリカシーは必要なはずだ。

それもどこから探し出せばいいのかわからないといった表情で、朋哉は一度、洟をすすった。そして静かに、だが絶対振り払えないくらいの力で棗の手首を摑んで、キッチンから引っ張り出した。

「優しくする、今から……――いやごめん、明日の朝から」

二人して困りながら、リビングに戻った。朋哉が手を伸ばして、部屋の灯りをオレンジの豆球ひとつにする。適当に片付けているソファにもつれ込んだ。

狭いソファだ。互いに手を置く場所を譲り合ったあと、棗の上に覆い被さるような姿勢でいる朋哉が、額を合わせて囁いた。

「今日は酔ってない。こないだも酔ってなかったけど」

「……ってことは、全部覚えてるのか」

朋哉の前でさらした泣き顔とか、擦り上げられて悦がる表情とか、喘ぎとか。朝になったら忘れると思ったから、繕うことを途中で断念したが、あれらを覚えているというなら、今すぐこのビルの屋上から飛び降りて死んでしまいたい。

「余裕で二十回は抜けるレベルで鮮明に」

「うわあ、もう死にたい」

「今からも同じことするから慣れるって！」

納得していいのかどうか分からない言葉を聞いたあと、キスをされた。

「ちょ……と。マジで」

「まだ何かあるの？」

「慣れないんだよ、色々と」

もういっそ、もう一度酒で流されたら楽かもしれないと、テーブルに残った缶に伸ばそうとした手を、朋哉に摑まれた。

「俺もだろ」

途方に暮れた声が告白する。

「お前と、こんなことするなんて」

額を合わせて、朋哉は近い場所で目を閉じた。

「どうしていいかわかんないくらい好きだ。棗」

「……！」

心底こまった吐息で囁かれて、急に目の前が眩《くら》んだ。

気恥ずかしさや、男同士の戸惑いはあったけれど、不安はなかった。朋哉を抱きしめても、愛されてもいい。この先何が起こってもいいと思うくらいの確信に、棗は目を閉じて身を預けることにした。

「は……っ……。っあ——……！」

つかみ合うくらい互いの身体を手で確かめて、いちいちキスで答えを問う。これでいいのかと、何回訊いても、大丈夫だと答えるようなキスしか返ってこなかった。

「あっ……」

棗の奥底に触れられたとき、自分には挿れる順番は回ってこないのかな、とふと考えたが、指を押し込まれたらもうどうでもよくなった。

「棗。なんか、ない？」

興奮で苦しげになった息の間から、朋哉が訊く。何を訊かれているかはすぐに分かった。棗は一瞬迷って、ある、と応えた。

「ソファの隣のマガジンラックに、ジェルがある」

朋哉のように、彼女が残した乳液などではなく、ちゃんとしたローションだ。

腕を伸ばしてマガジンラックをごそごそと漁《あさ》った朋哉は、ブルーの中味が透けて見えるチューブと棗を見比べた。

「……棗が使ったのか」

「……まあ、そうだけど」

他人の使いかけを拾ってくるわけはない。部屋に使いかけのローションがあるのはちょっと気恥ずかしいが、一般的なおもちゃでも使うのだ。男として、所有していてもおかしくはない。だが朋哉の表情は深刻だった。

「マジで？　アイツと……？」

「なにそれ」

何を訊かれているのか分からず、怪訝な顔をしてみせると、少し呆然とした表情で朋哉は言う。

「難しいのは知ってて、こないだできたから、よかったと思ってたけど、アイツと、してたの」

「アイツ……？」

「こないだのスーツ」

宮田だ。

「してねえよ！」

「じゃ、じゃあ何で……そんなものが部屋にあるわけ？」

「あのさ、普通の使い方から先に思い至れよ！」

と文句を言いかけて、棗は声を詰まらせる。

「普通のって」

真顔で問われて、棗はじりじりと視線を逸らした。

「ひ……一人で使ってたんだよ」

気まずく応えると、朋哉は、戸惑いを混ぜた納得顔を見せながら訊いた。

「ああ、棗が凝り性なのは、知ってるけど、そこまで右手の感触って大事かな」

「そうじゃなくて」

放っておくと、どんどんおかしな方向に行きそうで棗は泣きたい気持ちで、言葉を出した。

「とにかくおかずはお前だけなので、勘弁しろよもう」

自分で何を言っているかわからないまま、棗は朋哉に抱きしめられていた。


快楽は、あるような、ないような、だ。

「あ――――！」

ただ、体内を朋哉に擦られている圧倒的な存在感はあって、これがセックスならこれでいいと思うくらい、棗にとっては満足だった。

「棗……」

途方に暮れたような声で、朋哉が囁く。棗は、朋哉のこめかみに流れる汗に触れ、そのまま硬い首筋を撫でた。

「棗」

うっとりと囁く朋哉が口づけをする。その間ずっと、棗の中で動きながらだ。

「手、繋いで。あ……すっごい、いい」

棗の頭の上で、指を絡めて手を繋いだ朋哉が囁く。

「ん……あ」

「感じる？」

「……少し」

痛みは痺れ、ときどきぞくぞくする感じに腰を浮かす。苦しかったけれど、欲情が消えてしまうことはなく、頭の横につかれた朋哉の腕に、筋が浮くのに快楽以上の官能を煽られた。

「う。ふ……っ。アア……！」

こんなぬかるんだ音がするのかと思うくらいいやらしい音が部屋中に跳ねている。

「なんか、夢みたい」

だからと言って揺すりすぎだと思うくらいの激しさで朋哉は棗を揺すりながら呟いた。

「想像しすぎて、もう十分だと思ったけど、やっぱり本物の棗がいい。……棗は？」

「いい、けど」

二度目にしては、快楽があって、余すところなく朋哉の身体や吐息を堪能し、満足ではあったが、嬉しいにしたって限度があった。

「……しつこ、い、……ッ……！」

なるほどこれかと、思い知るほどには、朋哉はいつまでも自分の身体を出ていこうとしなかった。

アンティーク——。

まるで淡い色の琥珀の中に閉じ込められているようだ。

床の上で倒れたまま目を開けて、棗は自分の視界をそんなふうに思った。

太陽が黄色いとはよく言うけれど、太陽どころか窓もカーテンも、シーツまでが、夕日のように眩《まぶ》しく褐色がかってピントがぼやけているように見える。

うう、と呻きながら、骨がばらばらになったような鈍痛が残る身体を、無理やり捻《ひね》って肩を起こした。

朋哉は自分の隣、ソファの下の床で眠っていた。なんとか一緒に寝ようとしたけれど、ソファベッドでは無理だった。ダブルベッドを買いたいと朋哉は言ったが、当座置けるところがない。

引っ越し案件があることを、朋哉にはまだ話していない。相談したら、どんな顔をするだろう。

ともかくしばらくは週末以外は駄目だ、と思いながら、夜中に時間を見るために引き寄せた、スマートフォンに棗は手を伸ばした。

画面を灯すと、時間は九時半を回ったところだ。けっこう眠ってしまった。

声が掠れているような気がして、咳払いをする。先に水を飲んでからにしようかと思ったが、すでに時は一刻を争うのだった。

ぼやけた目で画面に目を眇《すが》め、指を滑らせて、アドレス帳からナンバーを呼び出す。急がなければ。いかにも早起きしそうな印象の人だ。

画面が滲《にじ》んで見えにくい。一度ぎゅっと目を閉じて、また目を開けようとする前に、下からにゅっと手が生えてくる。

「どこ行くの？」

首筋に巻き付いてくるのは朋哉の腕だ。眠たそうな顔に、棗はぶっきらぼうな声で返した。

「いかない。でも一本電話、入れさせて」

「他の男のところ？　アイツになら俺が隣にいるって言って」

「そうじゃない。いいからイタズラすんなよ？」

と言っている間にもコールが鳴って、応答の気配がある。

「あの、おはようございます。今野と申しますが。川瀬さん、今、お時間よろしいでしょうか」

この間、琥珀を売ってもらったバイヤーだ。

――ああ今野くん。こないだはありがとう。今いいよ。どうしたの？　おや、風邪かい？

相変わらず快活な声で訊く川瀬に、棗は掠れた声にもかまわず、急いで尋ねた。

「もし……、もしも。あの琥珀がまだ川瀬さんのお手元に残っていたら、俺に譲っていただけないかってお願いしたいんですが——」

一度は諦めた茜色の雫だ。あのときは、琥珀を手に入れてもどうにもならないと、思ってしまった。

「間に合うなら、どうしても欲しいんです」

だが今は、「あのときの夕日はこんな色だった」と見せたい人が、隣にいる。

† † †

「久しぶり、棗」

軍手を嵌めた永田《ながた》が、同じく軍手の棗と拳を合わせて室内に入る。

「久しぶり、今日はありがとう」

そう言って、棗は足元に降ろしていたダンボール箱を再び抱えなおした。

今日は引っ越し日だ。近くに残っている同期の友人が三人、手伝いに来てくれることになった。

運ぶだけだがとにかく箱が多い。家具はほとんどないのだが、石関係が、独身男性の平均では考えられないほどの荷物量を食う。曲がりなりにも不動産業の棗は引っ越しの試算も本職だ。とんでもない数字が出たからためらっていたら、朋哉が集まってくれそうな同期に声をかけてくれた。終わったあとバーベキューを奢ることになっていたが、運送業者に頼むことを考えればぜんぜん安い。

例の物件で、朋哉と一緒に住むことになった。同伴通勤、家賃はシェア。食費は毎月共同出資だ。

「あとでちゃんと埋め合わせする、棗」

擦れ違いざま囁かれて、棗は頷いた。

一緒に住むと言うと、面倒になりそうだからとりあえず「棗の引っ越し」という体裁だ。朋哉の荷物は、本当にスタンダードな量だ。二人で運べば十分だったから、あとで引っ越してくることになっている。

「おーい、もう荷物は全部箱に詰めたのか、棗！」

奥から朋哉が大きめの声で訊く。

「うん！」

抽斗の失恋コレクションは、先日そっと神社に持ち込んだ。金額にして何万円になるかは分からないが、コレクションの価値は金額に換算できない。丁寧に袋に詰め、焚《た》き上げてほしいと社務所で頼んだ。

「誰か本棚一緒に抱えにきて！」

あとは朋哉を振った彼女たちに、幸多かれと願うばかりだ。

† † †

ザ・ミモザは基本的に、ゲイカップルお断りの店だ。宮田のときは仕方がなかったとはいえ、できるだけルールは破らないにこしたことはなく、棗たちは開店前にお邪魔することになった。

リカりんに電話で相談したとき、棗はできれば店やホステスが一番きれいに見える営業中がいいのではないかと言ってみた。ちゃんと売り上げに貢献したいし、朋哉の夢を蛍光灯で壊したくない。気を利かせたつもりでいたのだが、リカりんは「なんでゲイに夢をあげなきゃなんないのよ！」と文句を言った。尊ぶべきプライドだ。彼女たちは彼女たちが決めた矜持《きょうじ》で、夢と安らぎを売る。

リカりんは、カウンターの向こうで、スジの浮いた、むだ毛のない腕を組みながら感嘆の声を上げた。

「へー！　これが下げチン！」

賛美なのか罵倒なのか分からなかった。

「……どういうこと？」

隣から朋哉が小声で訊いてくる。

「いや、聞き流しといて。挨拶みたいなもんだから」

内心少々焦りながら、棗は囁き返した。

朋哉にザ・ミモザの常連であることを明かした。片想いであることを打ち明けるついでだったから、案外気楽だった。

初めにこの店に飛び込んだ経緯を話し、そのあともただの道楽で出入りしているわけではなくて、琥珀の棚を置かせて貰って商売していると話した。朋哉は是非行ってみたいと言った。困ってリカりんに相談してみると「連れてきなさいよ！」と怒られた。

「棗がお世話になります」

と頭を下げた朋哉の挨拶を聞き終わらないうちに、リカりんは、カウンター越しに棗の腕を摑み、カウンターの一番端まで連れていった。

地鳴りのような囁き声でリカりんが訊く。

「いい男じゃないのよ。そしてあっちの色男はどうしたのよ！」

あっちの色男とは多分、宮田のことだ。

「大阪に引っ越しましたよ」

宮田の引っ越しは、あれからすぐのことだった。

「逃げられたの⁉」

「違いますよ」

翌日、宮田にメールを書いた。宮田を相手にどうしても恋愛感情を抱《いだ》けそうになく、それが分かっていながら宮田に甘えつづけるのは苦しいと正直に書いた。性的指向について偏見はないとか、自分も男が好きだとか書こうかと悩んだが、相手が男でも女でも、失恋は失恋だ。言い訳は卑怯だった。

——わかりました。お元気で。

とだけ返事が来た。その返事に「新しい住所に、一度だけ手紙を送らせてくれ」と書いたが、返信はなかった。

宮田の引っ越しが終わった頃を見計らって、引越祝いと書いた祝儀袋を送った。中味は、あの琥珀の相場を切り上げたような金額だ。それで多分、宮田が出してくれたこれまでの食事代と同じになるくらいだった。

しっかりした宮田のことだ。きっと琥珀を買ったデパートに、紛い物だと申し出て返品をしに行くのだろう。でも最後のセリフが気にかかったし、恋の傷が癒えるまでと、手元に置いてしまう気持ちは、棗にもわかりすぎるほどわかる。

あのあと気になって、棗は、箱にロゴがプリントされていた百貨店の宝飾コーナーに出かけてみた。ショーケースの中に琥珀のルースは展示されていたが、販売物はなかった。たまたま在庫がなかったのか、偽物を流通させたことが判明して一時的に取り下げているのかは分からなかった。

「だからゲイって嫌なのよ」

リカりんがため息を吐く。

「何がだよ」

「いい男だからよ」

こっちを心配そうに見る朋哉に視線を送って、リカりんは嫌そうな声を出した。

「ゲイってだけであんな男が引っかかるなら、アタシも男に戻るって、クララちゃんがもう大変だったんだから」

「そういうわけじゃ……」

宮田が男前だったのは偶然だし、朋哉がカッコイイのは自分が好きな人だからだ。

こちらを見ていた朋哉が、店の隅に細いアンティークのショーケースを見つけて、暇を潰すようなゆっくりした足取りで近寄った。

開放してくれたリカりんの視線を振り返りながら、棗は、静かに朋哉の背後に歩み寄る。

朋哉は感心したように、ショーケースの中を覗き込んでいる。

「これが棗の秘密の棚か。小さいけど、中味がすごくしっかりしてるんだな」

虚勢のない、真心の棚をそんなふうに褒めてもらえて嬉しかった。

「うん。もう秘密《コレクション》じゃないけどね」

本当の秘密の棚は、長い両片想いの記憶とともに、捨ててしまった。

ザ・ミモザを出たあと、中村の仕事場を訪れているという川瀬に会いに行き、無事、あの琥珀を手に入れた。

——棗くんから電話があった直後から、その琥珀に問い合わせが急に三件も来てね。まるで棗くんからのお迎えを待ってる石みたいだった。

石には意思があるのだと、ロマンティックなことを川瀬は言った。普段なら幸運だったと感心するくらいのところだが、今回ばかりは運命と思いたいと棗は思っている。棗の手元に来る石だったと信じたかった。

「どこか、店に寄る？　開けてみたら？」

川瀬の予想通り、その琥珀を見た中村は、自分もそれが欲しいと言ったそうだ。朋哉も、そこにある石の中では断然その琥珀がきれいだと言った。「そうだろう？　それなのになぜかコイツばっかり売れ残るんだ。棗くんを待っていたとしか思えない」と川瀬は主張した。

そんな話を聞いたせいか、朋哉もこの琥珀が気にかかるようだ。「帰ったら見せて」と琥珀に関心を示すようなことも初めてだった。

琥珀はクッション材に包まれて、鞄の小さなケースの中に入っている。

「帰ってから見るよ」

「テンション低いな。せっかく買ったのに。落っことすのが恐いなら座敷のある店探す?」

どうしても朋哉は、棗に琥珀を眺めさせたいようだったが、琥珀は帰ってから眺めれば十分だ。

「いや、いい」

今しか見えない茜の色は、今ここにある。

オレンジ色に染まる空に、背の高い朋哉の影が黒く閉じ込められている。

「俺の欲しい琥珀は、今ここにあるから」

朋哉の頬を照らす、あの日と違う色の夕焼けを、棗は目を細めて満足に眺めた。

■あとがき

こんにちは。玄上八絹です。

このたびはこの本を手にとってくださってありがとうございます。

素敵な挿絵は金ひかる先生にいただきました。ありがとうございます！

執筆中は、顔や姿がぼんやりしたイメージのまま進むので、描き起こしてくださったイラストを見たときの感動はすごいです。棗がものすごくお気に入りです！

担当様、いつも細やかにしてくださってありがとうございます。これからも頑張りますので、よろしくお願いいたします。

ここまでお付き合いくださいまして、ありがとうございました。

またどこかでお目にかかれることを祈りつつ。

玄上　八絹

✦初出　失恋コレクター……………書き下ろし

玄上八絹先生、金ひかる先生へのお便り、本作品に関するご意見、ご感想などは
〒151-0051 東京都渋谷区千駄ヶ谷 4-9-7
幻冬舎コミックス　ルチル文庫「失恋コレクター」係まで。

幻冬舎ルチル文庫

失恋コレクター

2013年5月20日　第1刷発行

✦著者　玄上八絹　げんじょう やきぬ

✦発行人　伊藤嘉彦

✦発行元　株式会社 幻冬舎コミックス
〒151-0051 東京都渋谷区千駄ヶ谷 4-9-7
電話 03(5411)6431［編集］

✦発売元　株式会社 幻冬舎
〒151-0051 東京都渋谷区千駄ヶ谷 4-9-7
電話 03(5411)6222［営業］
振替 00120-8-767643

✦印刷・製本所　中央精版印刷株式会社

✦検印廃止

ISBN978-4-344-82847-6　C0193　Printed in Japan